浩爾（簡德浩）——

著

會走路的翻譯機，

神級英文
學習攻略本

目 錄

村長的話 004

[第一章]
新手村

1-1 分類帽 012

1-2 種族 027

1-3 等級 038

1-4 需求 043

[第二章]
大冒險

2-1 從前從前 056

2-1 蛻變 058

2-3 初入外文系 061

2-4 出國闖蕩 064

2-5 祕密武器 069

2-6 接觸口譯 070

2-7 外交部考生時期 073

2-8 敲開翻譯所大門 075

勇者冒險故事 076

道具屋 080

［第三章］
轉　職

3-1 轉職任務　092

3-2 轉職百寶箱　096

────────────

［第四章］
破關進階學習法

4-1 超嚴格語言交換　104

4-2 如何練習逐字稿　106

4-3 外語要好，先加強母語　108

4-4 英文化生活提案　110

────────────

［第五章］
彩　蛋

5-1 獲得英文技能，然後呢？　118

5-1 外文系 vs 應外系　122

　　你覺得學英文很難嗎？今天，我邀請你給自己一個機會，改變這樣的想法，你會因此改變人生。

　　學英文，很有趣。

　　對你來說或許很難吧。你可能覺得自己跟英文無緣，怎麼學都學不好；也或許很簡單。你覺得自己很有慧根，輕鬆學會別人覺得很難的發音或語句。

　　都好。請你將「難易度」和「趣味程度」分開看。

　　閱讀這本書的時候，請告訴自己「學英文，很有趣」。

　　其實學英文就像在玩遊戲。回顧我在台灣土生土長的英文學習歷程，其中最幸運的就是一直抱持著這樣的想法，也是我在寫這本書的時候希望帶給大朋友小朋友最重要的想法。

　　既然學英文是一場遊戲，你或許需要一本指點迷津的攻略手冊。本書於焉誕生。

　　如何找到學習的樂趣至關重要。我很幸運能在很小的時候，尚未被考試壓力扼殺興趣之前，就覺得「學英文」是件有趣的事。這樣的幸運其實並非偶然，而要歸功於我父親自己的生活品味和以身作則。從小就看著爸爸播放 HBO 電影台的電影、電影錄影帶（年輕讀者也許不知道 VHS 錄影帶為何物！）、英文歌曲的卡帶和 CD，讓我認識到世界的寬廣。原來，世界上有美國、英國、澳洲、印度等地方，而這些地方的生活風貌、人文風景跟我

身邊的環境有天壤之別，大多數人是以英文溝通！這樣的殊異，加上影視作品中描述的文化與事件讓我充滿好奇，自然而然培養出學習的興趣和熱情。

很多人說要找到自己的熱情所在。比起「找」這個動詞，我想「培養」或許更精準。讓自己廣泛接觸不同的資源與刺激，藉以探索、培養出自己的熱情與興趣。熱情是你養出來的，而不是被你找到的。不斷試錯，既要對自己嚴格，又要鼓勵自己持續下去，再從過來人的經驗和建議中學習，這就是所謂的「刻意練習」吧。

即便學英文這個語言很有樂趣，但進入考試壓力環境後，英文成為一個學科，我還是遭遇到了挫折。國一時，明明讀的是再普通不過的普通班，但每週有一堂實驗分班，依照學期初的考試（還記得是選擇題）結果，把大家分成 ABC 三個班。我一定是吊車尾考進 A 班。惡夢開始，A 班老師全英文授課！當時我心想：「怎麼辦？根本聽不太懂。」不僅因為自己聽不懂而極為挫折，而是班上同學不但聽得懂，還能用英文跟老師對話！好像全班都約好去外面補英文，唯獨忘了約我。深受刺激的我，趕忙向老師求助。照著老師的建議，我開始每天早上開電視收看公視的《大家說英語》節目，並模仿節目中的英文句子發音，才發現還是可以有趣味的方式呈現生活英文會話。除了可以學習單字，老師們的語速也都很慢，才讓我逐漸掃除陰霾。

重新在學習英文上獲得信心後，聽英文歌曲時也能夠自己去查詢歌詞，因為懂得文句的內涵，進而更加享受歌曲本身所帶來的

情緒，而不單只是欣賞美妙的旋律。

那學英文有什麼好處呢？

「英文能力」可以帶我們進入另一個世界，在這個世界裡資訊非常流通，並且有不少跨文化的趣味。但在這個世界待久了之後，會不自覺且習慣於處在高速訊息傳遞與相對自由自在的環境中，而忘記自己過去是門外漢與局外人。近年因為教學和翻譯工作的關係，我時常穿梭切換於不同的觀點，與不同中英文程度的人員溝通，也才更加體會到單語世界和雙語世界的落差，進而萌生邀請各位跟我一起進入英文世界的念頭。

「英文能力」讓我們可以隨時與外國人自由交流，結交世界各國的朋友，旅遊時很方便，甚至人生自由度也將大大提升。假設今天想換環境生活，即便是出發去流浪，存活率也會大大提升！就像在遊戲世界裡馳騁之時，可不能還懵懵懂懂、搞不清楚狀況，就任人宰割。以一般受薪上班族來說，也擁有應徵世界各地職缺的特權。另外，上網搜尋資料時也可看到更多不同的資訊來源，甚至做生意也能有如虎添翼的效果。同時，看電影、看書或收聽資訊時，都可以不需要輔助便直接吸收不同的觀點與知識，也因為風土民情與語言差異，常可獲得新鮮的觀點，以不同的角度看世界而激發靈感。

更有甚者，還可與世界各國朋友談戀愛，人生可能性增加了許多呢！墜入愛河後馬上要面臨的嚴肅問題，便是文化差異在感情中造成的溝通落差，這也是很實際的喔。

　　同樣的，在異國文化裡若面臨糾紛，也有能力捍衛自己，為自己辯護，甚至用英文吵架。舉例來說，不會西班牙文的村長在擔任交換學生期間，於某個週末前往巴塞隆納旅行，居然在聚集很多街頭藝人、極為熱鬧的蘭布拉大道上遇到「現代金錢大盜」。當時村長看到一個人氣很高的小攤位，便湊過去看，發現是三個杯子的簡單找球遊戲。一位打扮光鮮亮麗、戴著彩色絲巾、穿著黑色風衣的女士不斷鼓勵村長下注，順利猜中後，也獲得五十歐的獎金，但當村長準備離去時，所有圍觀的遊客紛紛包圍過來，原來他們全都是「暗樁」。

　　同時，不斷利用人群壓力逼迫村長繼續下注，最後只好拿出二十歐，果然再猜一次就無論如何都猜不中。光天化日下被騙錢，心有不甘的村長心想這畢竟是大街，就算人多也諒他們不敢怎樣，便踩住攤子，並以英文詢問「你真的要這樣嗎？」眾人雖說散了開來，但仍持續盯著村長，剛好有便衣警察經過發現有騷動，便前來關心。但網路上也流傳歐洲有「假警察」的伎倆，於是村長再用英文詢問：「我怎麼知道你是真的警察？」對方隨即出示自己的警徽，並透過無線電呼叫兩名同事騎著重機趕來，十足電影情節。村長馬上表明自己被騙錢，警察也馬上盤查並請相關人士回警局一趟。到了警局，由於警察英文也不太好，便拿了一張紙示意村長自己將筆錄完成。同時間，旁邊有一對荷蘭老夫婦在地鐵遺失相機，也是因為會說英文，才有辦法尋求幫助，甚至保護自己。

　　使用英文在海外生活，雖比較方便又比較安全「一點」，但在歐洲很多國家，由於英文不是當地語言，且代表外地的身分，大家還是要多加小心。在此也不免俗提到口音的影響，舉例來說，在英國操一口美國腔，一聽就知道是「外國人」，各種行事上還是會有內外之分。雖然並不是要鼓勵大家將口音奉為最高準則，但村長曾經聽過一個故事，一位英國老師開玩笑地批評台灣學生的美國口音之後，得到「我要跟美國做生意」的回答，便認真地告訴學生，如果你們想跟美國人做生意，更要學習英式英文，因為不管你們再怎麼厲害，還是會有台灣口音，也就一定會被當作外國人。但當你操一口英國腔，即使仍舊有台灣口音，美國人只會聽到你的英國腔，而對你「另眼相看」。想想看，當我們聽到中文很好的外國人說話時，也容易評斷對方的中文是在台灣、港澳或中國學的，所以口音多多少少還是代表了一部分的人生經歷。

　　「英文能力」是一份自信，學然後知不足，越學習，越讓人從「無知但自滿的高峰」慢慢掉落到自信的低谷，最後再爬上新的雙語高峰。本來不知道自己因為不會英文而錯失多少機會與世界，如同「快樂的無知者」與「痛苦的蘇格拉底」之間的選擇，但誰說我們不能當「快樂的蘇格拉底」呢？雖說過程是很辛苦的，需要很多努力與思辨，但學成之後可以享有兩個語言的寬廣世界，甚至將學習英文的經驗延伸到學習其他外語，拓寬視野。

　　舉例來說，許多學習者其實單字量不差，至少達到國高中程

度，但一需要開口就畏畏縮縮。這與自信有很大的關係，這些學習者明明有能力，卻不相信自己能夠講好。一方面或許也是因為比較不熟練，所以會不滿意自己的口語表現，無法接受能力比較差的自己。村長有一位朋友就對「講英文」抱怨：「我覺得自己像五歲小孩。」這種情形當然會有，但還是要鼓勵大家抱持開放的心胸，勇敢去說。

　　這一本書希望能以「攻略本」的方式，帶領大家把「學英文」當作一場遊戲。當然，學英文的過程一定會有不同的挑戰與階段，就像玩遊戲時，每個人的強項都不甚相同。透過這本書，讓大家了解怎樣的學習方式最適合自己，一同享受學習語言的過程。語言學習與準備考試是完全不同的，只要我們不把英文當科目，而是跟它交朋友、喜歡它，並且融入生活，「學英文」必定能成為一件十分有趣的事。

村長
浩爾 Haword
（簡德浩）

第一章

新手村

來到新手村，首先得先對自己的基本能力與生活習慣有所了解，進而選擇對自己最有利的練功方式，以達到事半功倍的效果。

1-1 分類帽

　　進入新手村的第一步，就是了解哪個部落最適合自己。找到自己所屬的部落後，分類帽將會提供針對「單字學習」「如何生活化」與「深化加強」的祕笈寶典，供各位初心者參考，為未來踏上偉大的冒險做好準備。

⭐ 大耳部落

　　大家好！這裡是大耳部落，居住在這裡的人們都非常用心的「聽」世界，與他們一起學習，相信一定會收穫良多。但是切記，大家都有好耳力，所以千萬不要道人長短說是非，可是會被逐出部落的喔！

⚡ 磨刀霍霍——擴充單字庫

　　由於大耳部落的居民都以聲音為學習來源，所以在擴增自己的單字庫時，最適宜的作法是「先確保自己會讀再拼字」，這時，「語音單字卡」就是極好的夥伴了！現在是 3C 當道的年代，透過單字卡學習再也不局限於手寫了。對大耳部落的居民來說，一組可以自己發聲的單字卡真是再有趣不過了。

⚡習以為常──融入生活

多多利用書籍或雜誌附贈的 CD、Podcast 與英文歌曲等影音素材，從大耳部落居民平時就喜歡從事的休閒娛樂開始，將英文融入生活中，這樣正式上戰場時也不致手忙腳亂。若是透過書籍或雜誌學習的初心者，建議先將 CD 聽過一遍，再以文字資料輔助，效果會更好喔！

> Podcast：「iPod」與「broadcast（廣播）」的合音詞。是一種數位媒體，與廣播概念類似，但因不具有廣播的即時性，可以多次重複聆聽，故又稱為「隨選收聽節目」，中文稱為「播客」。

Podcast 的選擇多不勝數，村長在此推薦三組適合初心者練功的 Podcast：6 Minute English（生活化，能夠學習如何會話應答）、ICRT EZ News（學習新聞用語與時事）、Business English Pod（商務需求者適用）。前兩者都有逐字稿，Business English Pod 提供免費收聽，若想查閱文字資料，須付費訂閱。

6 Minute English：http://www.bbc.co.uk/learningenglish/english/features/6-minute-english

一週一集，每週四推出，屬於中高級程度。內容包含旅遊、科技、環境、社會、商業、生活、人物與娛樂等多樣化資訊。每回皆涵蓋關於該主題之簡短介紹、一個關於該主題之討論問題、10 個內的單字解說與完整 podcast 逐字稿。

ICRT EZ News：https://www.icrt.com.tw/info_list01.php?&mlevel1=6&mlevel2=15

每日皆有內容，每集約為五分鐘，包含約五篇新聞，內容為正式新聞播報形式與用語。不過，相較於直接收聽 BBC，速度放慢不少，加上附有完整文稿，非常適合用來練習聽力。

Business English Pod：https://www.businessenglishpod.com/

包含很多套不同內容與主題的商務英語課程，其中 10 分鐘內的 925 English Lesson 採用影片形式提供逐字稿；20 分鐘左右的 BEP（Business English Pod）雖說未提供免費文稿，但仍有簡短介紹與討論問題；而 10 分鐘內的 Skills 360 單元則以投影片呈現完整文稿，加上圖片輔助，更能快速理解課文內容。

牛棚練投──更上層樓

對於大耳部落的生活已不再陌生之後，可以嘗試更多樣的練功模式，挑戰自己的耳力，同時找出自己最喜愛的方法。初心者

能夠多多利用自己的聽力優勢，在生活中模仿聽到的英文語音，並且在閱讀英文書籍或文章時，大聲朗誦，培養語感。學習新的單字、片語或用法時，以 Chunking 的技巧背誦，未來當使用時機出現時，便能極為自然地說出。另外，對喜歡挑戰自己的大耳部落初心者來說，Transcript、複誦與聽寫練習會是很有趣的活動，只要掌握訣竅，不只全民英檢初級口說項目的複誦難不倒你，因為耳背而鬧出笑話的機率也會越來越少的。

Chunking：意元集組，又稱「組塊」。是一種讓資訊更容易被處理、被記憶的方法。短期記憶時，若是背誦的內容分為一塊一塊或一組一組的小單位，會使得記憶的難度降低。因此，學習英文時，與其分開背誦個別單字與連接詞，不如直接記憶整個片語。例：背誦 on a high income （高收入）比僅記憶 income（收入）更實用；或者學到 reverie（幻想）這個字時，可背誦 fall into (a) reverie 或 indulge in reverie（陷入不切實際的幻想）。甚至，把自己沒聽過的用法學起來之後，就可以說是一種 Chunking 的應用。畢竟每個人對字詞的切割方式與長度都不同，找到屬於自己的記憶方式才能事半功倍喔。

Transcript：英文學習中講的「抄寫逐字稿」，最早來源是法律用語「抄本」之意。雖說開庭打字只是書記官工作裡的一小部分，但記錄下法庭進行過程中的一切，是很重要且需要技術的工作。而 Transcript 學習法則是「錄音文字記錄」，試著記下一段錄音裡的重點，接下來嘗試細節，甚至逐字記錄。

 ## 大眼部落

來到大眼部落，到處都是色彩繽紛、五花八門的裝飾，不特別說明，還以為居民成天都在過聖誕節呢！部落的大家不僅喜歡欣賞美麗的風景，旅遊時也從不錯過巷子裡驚鴻一瞥的小玩意，甚至還有過目不忘的高手呢！入住大眼部落的初心者，一定要好好把握機會，習得一身武藝。

⚡ 磨刀霍霍──擴充單字庫

對「多看多會」的大眼部落居民來說，單字卡絕對是練功的好夥伴。這樣不占太多空間的小武器，隨身攜帶，有事沒事拿出來瞧一瞧，包準你功力大增！

習以為常──融入生活

正因為每天從起床到睡覺都不斷地使用眼睛，大眼部落的居民無時無刻不在吸收，但是如何讓自己沉浸在不同提升能力的環境至關重要。從生活環境開始，拿起便利貼，這裡貼貼，那裡貼貼，想得到的物品都貼上英文說明吧！或者今天學習到的新單字與片語就貼上冰箱，嘴饞想拿顆巧克力來吃的時候就可以多看一遍了。

另外，觀看影片（如 Netflix）時，能夠分次觀看，第一次還不熟悉時選擇中文字幕，再次觀看時使用英文字幕，刺激自己的感官。因為已經是第二次觀看了，遇到不會的字時更容易提高警覺，了解拼法後也可以查找。

同時，建議進入大眼部落的初心者，將行動裝置的系統調整為英文版，強迫自己在使用各種 3C 產品時，必須時刻閱讀英文文字。先從自己早已熟悉的介面開始，即使不太確定的詞彙，也能因為猜得到功能而不會驚慌失措。

牛棚練投──更上層樓

能夠將英文融入生活當然是很好，不過每天看到的字最多也就那些，要如何使自己在大眼部落提升能力呢？初心者們可以多閱讀《空中英語教室》之類圖片豐富的書報雜誌，搭配賞心悅目的圖像，增加學習的樂趣與成效。除了行動裝置系統調為英文版之外，將整個行動閱讀環境的英文比例提高，對於學習也很有幫

助，多多關注發布英文內容的社群，如：
AI Jazeera English（半島電台）。另
外，在背誦新單字時，能夠將相同類型
的字或以字根字尾方式拆解開來（參考
右圖），或是在學習單字時繪製 mind
map，不但對邏輯好的初心者們很有
幫助，也一目瞭然呢。

prefix **root word** suffix

un**comfort**able
ir**regular**ly
dis**organise**ed
un**confident**ly
dis**respect**fully

Mind map：心智圖。是一種圖像式思維工具，也是利
用圖像式思考來表達思維的工具。首先，在中央寫下一個
關鍵詞或想法，接著，以輻射線連接其餘所有的代表字
詞、想法、任務或其它關聯的圖像。

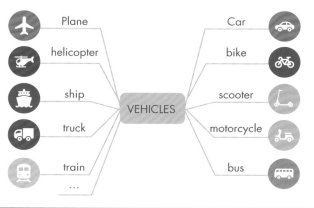

村長在此補充一個延伸學習單字的網站：visuwords（https://visuwords.com/book）。只要輸入單字或片語，就會延伸出全部相關用法。舉例來說，輸入 book，就會出現 18 種用法。

⭐ 大手部落

歡迎來到大手部落，在這裡你所看到的房屋、各式建築與器具都是由居民親手打造。部落裡每逢過節，大家總會爭先恐後地布置改裝一番。而且說到辦活動，大手部落的人們真的是閒不下來，每個週末這裡都有看不完的戲劇表演、促進居民感情的聚會與數不清的 DIY 教學。喜歡動手做的初心者，絕對不會讓你們閒著的。

⚡ 磨刀霍霍──擴充單字庫

每天將單字抄寫在自己最喜歡的筆記本或親手製作的小卡上，真是生活一大樂事。不只單字，抄寫名言佳句或是自己喜歡的句子也不錯。不管是擺在書桌前，當作座右銘叮嚀自己也好，抑或是做成書籤送給朋友，都肯定能讓這些優美詞句深深印在腦海裡。

⚡習以為常──融入生活

　　除了抄寫單字與句子，充實自己的火力之外，寫英文日記也是一個好方法。每天的生活多采多姿，日記內容千變萬化，為了寫出特定的事件或用品時，可能需要查找，也就因此學會了新的內容。反正日記不會有別人看到，怎麼天馬行空都好，寫成小說也行，成功出版的話搞不好還能成為下一個 J.K. 羅琳。而沒有朋友（誤），只能與 Google 語音助理或 Siri 互動的初心者，可以選擇英文操作，當作自己有個語言交換的朋友也不錯呢，甚至還能選擇性別（重點錯）。

　　還記得村長一開始說的利用英文歌曲學習嗎？剛剛提到大手部落裡有許多活動，有事沒事就一起大聲唱英文歌吧！不管是自己在家裡開個人演唱會，或是與朋友一起在車上唱行動 KTV 都能夠達到效果。娛樂之餘，歌詞也能漸漸成為自己的語彙。另外，還有不少趣味十足的場合，像是輕鬆學習英文的場域，如：空中英語教室舉辦的 Friday Night Live，還有玩桌遊！記得使用英文版說明書喔。

⚡牛棚練投──更上層樓

　　如果唱歌、玩遊戲都難不倒你的話，那就試試參與其他更需要大量使用英語的活動吧！好勝心強的初心者，不妨參加比賽，透過競爭的過程，讓自己快速成長。舉凡英文辯論、英文話劇或是

大耳部落

特色：
聽力驚人，以聲音為學習來源

適合的學習方式：
先確保自己會讀再拼字

適合的道具：語音單字卡、CD、Podcast

大眼部落

特色：多看多會，以閱讀為學習來源

適合的學習方式：
便利貼學習法、英文介面閱讀法

適合的道具：利用心智圖背誦單字

大手部落

特色：喜歡 DIY，從做中學習

適合的學習方式：
抄寫單字、句子和寫日記

適合的道具：玩遊戲、
英文辯論、演講或話劇

英文演講，都是十分難能可貴的體驗與訓練。村長偷偷告訴大家一個小祕密，加入 Toastmasters 國際演講協會，更是一個同時訓練台風、領導能力與口語表達的好地方呢！

吉普賽算命屋

　　雖然部落裡充滿了最適合自己的學習技能與資源，與村子裡的其他初心者交流，並懂得在練功之餘，好好放鬆自己，也是很重要的呢！這裡是吉普賽算命屋，找到屬於自己屬性的牌卡，水晶球裡將顯現出最適合你的訓

練方法與具有成長功能的娛樂，如同「社團」一般，各個屬性的成員有著相似的習慣，一起規畫訓練計畫或出遊。

認真型

　　這類型的初心者，又可稱為「書香型」，適合長時間學習。所以，如果你非常「坐得住」，定性很足，歡迎加入這個屬性。「認真型」的初心者適合規畫使自己每天接觸英文的計畫，尤其他們極為擅長在考試前訂定準備策略，因此，想要快速提升自己能力的該屬性成員，常會利用報名檢定來給自己升等的動力呢！

過去村長有一位學生，就讀逢甲大學會計系，英文程度普通，大約多益 400 多分，對英文不太有信心，在聽力與閱讀方面找不到學習的方法。她最大的優點與優勢是，除了自己很認真之外，她也會向老師尋求協助，找老師幫忙制定準備考試的策略。當時她希望多益能夠有所突破，因為畢業後找工作會需要。當時村長為她制定了每天　節的聽力練習，並搭配題本，她也認真地照計畫練習。經過幾個月的時間，她考到 600 多分，也就是進步了 100 多分。更大的重點是，她找到了信心與學習的方向。

練功祕地：圖書館

玩樂型

唉呦，「用功讀書這幾個字，怎麼會從我嘴巴說出來。」如果你也是周杰倫《聽媽媽的話》唱出的孩子，來來來，玩樂屬性或許適合你。建議這類型的初心者，尋找自己覺得最有趣的接觸英文方式。喜歡與人互動就到背包客棧或美式餐廳打工，愛運動可以關注運動賽事、練習聽英文播報員如何評論比賽，喜歡視覺刺激就接觸影視娛樂、遊戲，愛聊天能夠認識語言交換朋友，喜歡旅行就來場自助旅行吧！

一位計程車司機大哥，本來生活乏味，後來經過朋友介紹加入英語演講會後，勇敢開口說英文，現在能夠用英文服務不同國家的旅客，生活變得多采多姿，還交到不少外國朋友。順帶一提，

另外一位演講會的會友，原本在旅行社工作，但因為想換個生活環境，而加入演講會學習英文。後來申請到加拿大的學校進修觀光管理，而英文當然也持續進步。

另外一位大學女生，因為想要增加英文口說與會話的機會，接觸不同國家的朋友，就到花蓮的背包客棧打工。幾乎每天在櫃台都需要講英文、以英文回覆詢問的電話或信件，因此練就了流利的英文表達能力。重點是，有了這個經驗之後，她就成功申請到溫哥華攻讀碩士。

練功祕地：使用 Meetup，馬上出發吧！

網址：https://www.meetup.com

⚡理論型

如果你深信要達到「神乎其技」之前，勢必得先把單字與文法

這些基礎打好，歡迎與此屬性的夥伴一起研究。對「理論型」的初心者來說，請家教或參加有系統的課程會是一個好方法，有其他等級高強的夥伴帶領訓練，升等速度大幅提升。另外，也可設定每天背誦的單字數目，強化自己的基礎，建立單字量與信心。針對自己的學習狀況想要更了解的話，也可以閱讀「語言習得」的文章，看看學者們都是怎麼說的，可能會提供你新的學習心得呢！

練功祕地：系統課程，也可參考「英語島」網站，是以中文來學
　　　　　英文的小天地

英語島：http://englishisland.com.tw/

　　是一個線上學英語的平台。首創 51 張方法卡，讓會員花一年時間，透過每週一張的方法卡，加上一週的全英文旅行，自信地用英文溝通與思考。除了方法卡之外，還有 My English Day，以學習遊戲的方式，為商業人士打造包含科技、社會、商業、人文、藝文等各個面向知識的網路英語學習計畫。另外，還有一個社群平台，可以與其他學習者討論彼此的學習動態並交流。

在學英文的崎嶇道路上，有人開不了口，有人聽不懂，村長帶著他的攻略本前來拯救大家囉！

1-2 種族

　　找到自己所屬的部落後，雖說能夠透過與學習方法跟習慣與自己相近的夥伴一起冒險，來快速提升自己的等級與能力，但每個人還是保有自己的種族。不同種族的居民，又該如何發揮最大的訓練功效呢？希望大家都可以在這個單元裡大大進步喔！

★ 移動方式

　　就算部落內步行十分方便，居民們總是有需要前往其他村落的時候，若想要把握時間訓練，又該如何做呢？以下，Howard 村長提供很多實用的小撇步，給尚未練成消影術或瞬間移動，也沒有足夠金錢購買飛天毛毯或飛天掃帚的玩家，還有祕技傳授，請居民們務必小心留意，別外流了！

⚡ 開車族

- 收聽 podcast（可查閱 013 頁「大耳部落」章節，了解更多）或廣播。以台灣而言，唯一的英文廣播電台就是 ICRT。可是 ICRT 不見得對每位居民來說都是最理想的素材，畢竟它的廣告、中文內容與音樂都太多了。建議開車族可針對個人開車時間長短做規畫，內容的難度與時間長度都非常關鍵。可利用自己已經能稍微理解部分內容的素材，而且有輔助資訊可供查詢者，如：BBC 6 minute English（ 更多推薦素材請參考 096 頁「百寶箱」）。

- 可在車上大唱英文歌、大聲複誦。
- 祕技：「聽力先行」學習法，有別於傳統「閱讀先行」，適合開車族

  購買附贈 CD 或 MP3 的書籍，於車上播放。此方法特別適合忙到沒時間看書的學習者，務必注意路況的同時，可以一邊熟悉英文的片語、句子語調與聲音。練成這個祕技的門檻是必須克服一開始的不確定感，因為以台灣的英文教育來說，都是以紙本出發，所以會有點慌張。只是，事後再把文字資料拿出來檢視時，便可發現，就像至銀行提領現金一樣，能夠將腦海裡儲存的聲音資料一一提領出來喔。內容可為簡單的旅遊會話，或是談判、會議主持、社交應對、商業貿易等（如 Live ABC 有聲內容、書林出版社等）

⚡ 大眾運輸

移動中的路況經常是很顛簸的，不建議長時間閱讀。

- 可利用附有聲音素材的單字本或小手冊。
- 搭乘捷運或火車若有座位，可考慮影片學習，並記得配戴耳機，勿影響到他人。
- 擁有開車族沒有的優勢：空閒的雙手，可拿支筆或以雙手遮住書本，就能夠背單字囉！建議可背後背包，有利學習。
- 祕技：「自言自語」學習法，但請注意音量，是一個洗澡時也可使用的技巧。

⚡ 機車族

請珍惜生命,不適合收聽與閱讀學習材料。

- 祕技:等紅燈時可練習回答問題。

隨著年齡增加,居民們喜歡從事的活動或是適合的練功方式都不太相同。這時候,適合依照為各位量身訂做的訓練菜單,讓自己的能力更上層樓。

⚡ 上班族:作息固定

- 若自由度高,可小聲播放美國廣播,尤其是廣告,還可學趨勢與文化。
- 若耳朵自由,還可聽簡易英文學習素材。
- 午休可看一集學習素材,不建議關閉字幕,英文母語人士都會需要字幕輔助,何況是正在訓練階段的我們。不停下查單字,除非某個字出現頻率高,已影響到劇情理解,再行查找。若能夠透過前後文推敲出意思者,可結束後再查找。

  中階學員:雙語字幕,參酌中文字幕輔助理解,記得打開耳朵。

進階學員：只開英文字幕。

· 工作等待中的零碎時間，可瀏覽新聞、網路文章、閱讀雜誌（相關領域雜誌、《空中英語教室》或英語島）

· 大力爭取英文報告、會議或出差機會。

· 撰寫英文書信可使用 Grammarly 軟體，要依賴，可找範本書，但若只是套用或照抄，極為可惜。

Grammarly：寫作助理。是一款提供使用者書信檢查功能的線上軟體，分為免費和付費版本，可以使用看看免費版。提供文法檢查、拼字檢查與演算法偵測等功能。

https://www.grammarly.com

Write&Improve：劍橋所建置的免費批改寫作練習網站。提供大家常常欠缺的寫作題材。可依程度選擇不同主題，寫作後立即取得用字建議及評分。

https://writeandimprove.com

⚡ 大學生族：資源豐富

- 關在圖書館看電影，開雙語或英文字幕，既免費又實用。
- 參與學伴計畫（Buddy Program）、語言交換。
- 參加國際交流相關或有國際生的社團，如：AIESEC、MUN（模擬聯合國 Model UN）、Toastmasters、國際學生交流社、英語辯論社、英語營隊等（若貴校沒有以上社團，快創一個吧！）。
- 善用圖書館與語言中心資源，參與學校舉辦的免費講座、英文學習活動。
- 觀看民視、公視英語新聞。
- 多修英語授課課程。
- 至校內國際合作事務處打工。
- 留意國際交流機會，如：海外志工、海外徵件比賽、計畫與實習、交換學生計畫、外交部青年大使等。
- 打英文版電動，切勿猛按 Next，建議 RPG 或策略遊戲較有英文內容可學習，開啟英文音效聽旁白配音。
- 玩英文版桌遊，練習閱讀說明書與遊戲指令。
- Follow 歐美 youtuber，並留言互動。

⚡ 中小學生：作息固定

- 通勤途中使用雜誌附贈的，或自製學校進度每一課的單字卡背誦單字。重點是可翻閱、好攜帶。

- 與背國文註釋有的母語連結不同，跟英文單字培養感情需要時間，可採取「滾動式背誦」，睡前背誦也可以提升效果。
- 參照雜誌的電視與廣播節目，如：Live ABC、大家說英語、空中英語教室等。
- 練習查找英英字典，可從 Learner's Dictionary 開始，查找過的字彙可用色筆標記。這樣下次再重複的時候就知道之前查過了，一定要努力記住才行。可以每次用不同顏色的筆畫記，這樣就知道重複查了幾次還沒記住。依村長的個人經驗，查到三次以上就算記不住也會有點印象了！

　　滾動式背誦：每天設定背誦的單字，不見得當天就要記得很熟。若今天的 10 個當中，有 5 個較為不熟，明天除了複習這 5 個之外，仍然會學習 10 個新的單字。重點是不要給自己必須馬上掌握的壓力，給自己一個時間範圍，在此之前熟悉即可。

　　Learner's Dictionary：學習辭典。為正在學習外語的學習者編寫的辭典。不同於翻譯或雙語辭典，也不同於供母語人士與語言學學者使用的標準詞典。這種詞典在英語學習中最常見，用詞簡單，對初學者而言負擔不大。

查找單字，目前我還是首推輕便的紙本字典，可做筆記且無網路誘惑干擾。電子辭典也不錯，在我常用的年代，電子辭典無法上網，所以功能也相對單純，就是查單字和儲存生詞。若使用線上辭典，有些也有會員功能，可以記錄單字表，方便複習。

比較不建議使用 Google 或任何翻譯軟體的原因是，多數翻譯軟體只會顯示一種查詢結果。儘管有龐大資料庫對比，但查詢之後為了讓使用者直接使用，不需經過判斷，僅會顯示系統認為最有可能是原文意思的翻譯，也就是說，學習者如果使用翻譯軟體，也被剝奪了「判斷」的過程，而無法從一個字詞的多個意思中推敲比較細微差異。

想要記憶單字，Quizlet（https://quizlet.com/zh-tw）是個不錯的工具。有許多人已經建好的單字庫可供使用，而且電腦和手機都可以使用喔！

線上英文教學的價值在於時間地點相對方便，而且有教師在線上可以討論與解惑，特別適合想要練習英文口說而且需要老師指正、引導的學生。目前可說是線上英文教學的戰國時代，品牌林立，優惠多多，當然商人的遊戲就是先把原價定得很高，再打限時折扣，吸引客人立即購買。我建議大家多比較不同家，不要立即購買。通常都可以免費試聽一堂，這時候要問自己：是否真的覺得這家提供的學習體驗、教材、教學品質對自己有幫助。如果有疑慮都可以提出和對方討論。而不要因為有打折而花大錢買了好多堂而上不完，我聽到太多這樣的情形，如此一來變成了花錢

買心安，而沒有真正進步。

回歸到學習的本質，我始終相信真正的學習發生在課堂外。內心有動力的時候，沒有人能阻止你學習。當然，學習初期尚無基礎，這時候有好師傅引進門非常好。不過如果只在課堂中學習，效果可能有限，畢竟語言學習是需要投入心力累積的。找到方法後，課堂外的學習和練習可能比聽課更有效。至於究竟何時需要上課，何時可以自學，理應是相得益彰。不過時間分配比例的拿捏，就是每個人自己探索了。

- 與同學以英文寫交換日記。
- 多聽英文歌，並查閱歌詞。
- 利用 YouTube 觀看卡通，若為非英文發音，可加上「Eng dub Eng sub」搜尋。
- 積極參加作文比賽、英文演講比賽、外交小尖兵等活動，能夠獲得老師的指導，使功力在短時間內大大提升。

> Eng dub Eng sub：English dubbing English subtitle 的 縮 寫。Dubbing（n.） 配 音；dub（v.） 配 音。Subtitle（n.）字幕。

- 若有心得寫作活動，可選擇適合自己程度的有趣小說或書籍來閱讀，跳脫背書式的英文，體驗學語言的樂趣。

如：分級讀本、《葛瑞的囧日記》（*Diary of A Whimpy Kid*）、《凱文的幻虎世界》（*Calvin and Hobbes*）系列漫畫、繪本。

- 多多利用學校圖書館。
- 尋找自己有興趣的各類媒體素材，包括電影、社群或文字。

《葛瑞的囧日記》：舊名《遜咖日記》。作者以學童葛瑞（Greg）的口吻描述生活中大大小小事件在他心中奏起的狂想曲，正是很多孩子日常的心聲。書本前半是幽默趣味的中文翻譯圖文，後半則是英文圖文原汁原味呈現，更貼心加上實用的單字片語註釋。閱讀時，可以用兩張書籤，一張插在中文版，一張插在英文版，前後對照著學，以中文或英文優先閱讀都可。如果以中文優先，看到特定句子或詞彙，好奇原文怎麼表達，就跳到後面看看作者怎麼寫的。英文優先？看不懂英文的地方快跳到中文翻譯，幫助理解。首先可以發現句構簡單易懂，不超出國中英文課本程度，更棒的是可以學到十分口語化又實用的英文。

更多建議讀物：《哈利波特》（*Harry Potter*）系列、《納尼亞傳奇》（*The Chronicles of Narnia*）、《在天堂遇見的五個人》（*The Five People You Meet in Heaven*）、《小王子》（*The Little Prince*）、《歪歪小學》（*Wayside School*）系列叢書。

 作息

你是早起的鳥兒還是夜貓子呢？早訓練、晚訓練都沒關係，重要的是能夠全心全意、專心在一件事上的時間長短。在這個段落裡，將會著重在擁有零碎時間與完整時間的訓練者，看看要用什麼方法才能事半功倍。

⚡ 零碎時間

經常需要等公車、工作中需要等待、忙碌無法有完整時間安排英文課程者、帶小孩的父母。可多運用行動裝置，將英文融入生活。

- 可將行動裝置介面改為英文，透過社群媒體追蹤 YouTube 短片、短篇貼文與英文內容（參照 019 頁「大手部落」）。
- 下載英文單字學習軟體，如：單字王、哈單字。

- 手機安裝字典，方便隨時查找。建議有發音，不過，可發音者通常收費。
- 隨身攜帶電子書或書，把握時間閱讀，或收聽有聲書。
- 利用零碎時間錄製 VoiceTube 每日挑戰。
- 「生活小習慣，塑造大實力」。

⚡ 完整時間

適合有系統的學習計畫，視時間區塊長短選擇適合的方法與素材。

- 追劇或追書，但請不要「binge-watching」。

> binge-watching：馬拉松觀看、瘋狂觀看、刷劇，意思是短時間內大量觀看多集電視節目或影集。

- 安排不造成個人負擔之寫作練習，如：50 字內新聞心得。
- 利用有聲書學習。
- 寫閱讀測驗等較需花費時間的練習。
- 報名適合自己的英文課程。
- 參加英文活動。
- 看劇時戴耳機大聲複誦，適合不會吵到他人，又擁有完整時間的訓練夥伴。

1-3 等級

　　大家訓練到一定程度之後，都會想了解自己的進步幅度吧！不過，該如何檢視目前的等級呢？如果想要速成的能力，可以透過模仿，但是，最終還是要回到基本功。舉例來說，許多上班族最需要提升的能力或許是「Email 撰寫」，這當然可以透過購買一本可直接套用的範本來達到。可是長久下來，這些實力並無法累積到自己身上。擁有描述力、選字力與字彙量，才能寫出最道地的信件。

　　如果在模仿與抄寫的過程當中，發現自己的單字或文法特別不足，則可以針對特定項目來一一擊破。在這個單元裡，將告訴各位，如何不透過實際上戰場（參加考試）的方式，確實掌握自己的訓練成效。

單字量

　　這是不少人相當在意的能力，的確也是非常關鍵的問題。在進行聽力與閱讀時，除了接收量大之外，大腦裡還得不斷地運轉進行分析，這時就極為考驗單字量。雖然在方法論上，都可利用前後文推敲不了解的字詞意思，但當一位偵探打開門，發現整間房間都是線索時，依舊無法辦案、無所適從，因此，單字量依然是不可或缺的能力。

　　在自己平時的英文需求裡，若發現經常卡在「單字理解」上，就需要多背誦與記憶單字。建議找尋對自己最有效的單字學習方

法，有很久沒接觸英文，希望更上一層樓或有進階需求者，可參考高中 7000 字。很多人的單字量高峰停滯在高三，因為上大學之後，即便需要閱讀原文書，但不提升單字量或透過前後文理解，也不會有閱讀上的困難，可能就不會再加強單字量了。

若學習英文只是希望滿足旅遊需求者，針對國中 2000 字便已足夠。但希望更上層樓的訓練者，當然就一定要好好地把高中 7000 字或相對應等級的 App 或素材牢記在心囉！各位也不必操之過急，每天一點一點的接觸，久而久之一定能看出不同的。

買一本自己「看得順眼」的文法書，也就是排版清晰，並且翻閱最不熟悉的章節後都能理解，那就是最適合你的文法書。也可購買整理類書籍，如：敦煌 Azar 文法系列書籍、柯旗化《新英文法》、文法藍皮書等。主要是看自己比較適合「從例子看大規則」或「從大規則看例子」，來選擇最適合自己的文法書。

很重要的一點是，不要被文法綁架，畢竟是先有語言才有文法，而非先有文法才有語言。千萬不要被文法綁架，規範自己甚至限制別人，例如「很快」，美國人經常說 real quick（形容詞＋形容詞），但文法上應該說 really quick（副詞＋形容詞）才是正確的。不過，撰寫正式文章時，當然還是要追求正確文法的表達方式。

　　文法看似生硬，但其實可以靈活運用，建議大家多從生活中觀察並收集好的語料，也就是英文母語人士產製的內容與作品，以及他們說話時的用詞習慣。同時村長也要強調，不要迷信母語人士。如同中文母語也有程度好壞的差別，當英文母語人士齊聚一堂時，也會針對文字使用場域進行一場大辯論呢。口才好壞與文學造詣的高低落差，母語與非母語皆然。

敢不敢開口

　　要判斷自己在這個屬性的等級其實很簡單，就是「問問自己吧！」不論等級為何，想再向上提升，就得循序漸進。找個很會鼓勵人、且溫柔或鐵血的老師，讓自己的嘴巴熟悉片語、短句與單字的模式。就像拼拼圖一樣，包括連音也要當作重點好好記牢，而背熟句型也能增加開口說的安全感。第一步總是不容易，但只要勇敢跨出，就能海闊天空。

　　大家身邊應該都有英文講得破破的，但彷彿天不怕地不怕、很敢講的人，以及文法概念太清楚反而顧慮很多而不敢開口的人。敢開口的人若想更精進，必須請老師嚴格要求自己，並協助糾舉出錯誤，或是已有一定文法概念者，可錄音打出逐字稿來檢視。

　　顧慮很多而不敢開口的人，必須加強自信與勇氣，很適合加入如 Toastmasters 國際英語演講會等組織。既是逼自己開口的好方法，又因為可以先寫稿，相對之下較有循序漸進安全感，從

自己熟悉的方式慢慢走向不熟悉的方式。要這些人直接開口，就像請不會跳舞的人在眾人面前表演一樣，不但不可能，甚至可能造成創傷，從此不敢開口。

透過觀摩其他很敢講的人，從中獲得撇步與自信。學了一段時間後，希望往更精進、更專業的方向前進的話，可以採用錄音法，但須適度使用，千萬別過度檢視自己，再度走回不敢開口的階段。例如：看完一段新聞後，花 30 秒或一分鐘描述內容，錄下來並打出逐字稿，便可發現自己講話的壞習慣與錯誤的文法。

口說學習很大的重點是「保持意識地表達」。不管熟練度再高都還是外語，不可能與母語一樣自然，所謂的「自然」是來自高度熟練而達到的類機械化或自動化反應，但它終究不是膝反射，可以完全不經思考來完成。英文能力再好，都還是得經過選字與組文法的過程來產出內容。

英文腦是什麼？真的有所謂的中文腦和英文腦嗎？

非英文母語者流利地說著英文的時候，腦子是快速把母語翻譯成英語嗎？還是直接完全用英文來思考呢？這些問題的答案眾說紛紜，而要探究這些問題，不免讓人不斷往更深的層次追尋，例如：難道思想一定要透過語言嗎？如果不透過語言而是圖像和數字等，我能否思考呢？實在非常深遠，甚至帶有哲學意涵。

　　以應用來說，我認為所謂的「英文腦」指的是毫秒間高度自動化的結果，快得讓人以為說話者必定是以英文思考。畢竟口說時，驗證速度很快，即使只是卡住半秒，都會讓人覺得尷尬，也更因此，我們追求「英文腦」一樣的自動化程度。明明是刻意練習，但成果卻要看起來再隨意無比。

　　另一種假設，假如我們講英文時都是採用立即把中文翻成英文的方式，而且真的快到自動化，講話者需要立即反應，那這時候「中文腦」還是「英文腦」還重要嗎？最好的例子有二，都是英文母語習慣和中文習慣的差異。

　　例一：It's a very interesting show, _____? 中文腦可能會說 right? 英文腦就會快速判斷這裡的附加問句要跟放跟前面 be 動詞相反，所以會是 isn't it。

　　例二：Are you friends?（你們是朋友嗎？假設要回答不是，是同學）中文腦可能會說 No, we are classmates.（前後句接不上）英文腦則會堅持肯定或否定到底：No, we are not. We're high school's classmates.（前後一致）。

　　以上兩個例子，要達到熟悉，自動反射的程度，都需要刻意練習並提高熟練度，才能練就快速的「中文腦」和「英文腦」，這麼說來，只要反應夠快，也不是非要探究什麼腦不可！

1-4 需求

　　達到所向無敵的境界，當然是每個人所希冀的，但在走到那一步之前，了解自己的需求就顯得特別重要。針對不同的動機，對症下藥，也才能將個人強項發揮到最大，同時補足弱項。

　　首先，在介紹各種不同的需求之前，先為大家說明團體學習與一對一學習的特色與優缺點。這是一個很重要、但許多人不會特別去思考的問題。太多社會人士工作很忙，想要加強英文，卻沒有實際去了解自己的需求與屬性，只是一味的詢問別人是否有推薦的方式或資源，以及要如何加強英文。身為村長，我必須問這些問題：一對一的時候你會比較專注，還是會因為這樣太緊張、太有壓力？有些人就是比較適合團體的進度，以及在團體中的安全感，這與每個人的個性也有關係。

　　如此一來，各位在確立了自己的需求之後，除了能夠透過本書裡提到的各種學習法自我訓練之外，若想要找尋老師與課程，也能更有方向，不會迷惘。

 一對一

　　適合這類型課程的訓練者通常比較積極主動，而且會勇於發現自己的需求。一對一時有極為高密度的互動與問答，從中能夠檢視自己的不足與強項，好的老師也應該幫助學生發掘這些特點，並發想適合學生或有創意的方法去補足他的弱點。這樣的強度也比較大，並不是每個人都能承受。

⚡優點

聚焦在訓練者想要加強的能力上，如：報價、提案、簡報、商務談判、吵架與演講。有時候，個人的需求在團體課上提出來時，部分同學可能就會露出黯淡的表情與眼光。即便對他們有幫助或關連，也不見得有興趣，而且學生不見得像老師看得那麼全面。但一對一課程就沒有誰耽誤誰進度的問題，直接符合需求與需要，適合不怕老師的挑戰、動機強且有明確目標的學生（可參照 104 頁「超嚴格語言交換」篇章）。

自認英文能力不在傳統分級的級別上，或是坊間開設的團體課程無法滿足需求，例如：編修與撰寫創意文案、報告書、提案與學術文章等特殊需求等英文教育體系裡缺少的課程，都是適合一對一課程的訓練者。

⚡缺點與建議

有研究指出，與英文母語人士對談壓力較大，但研究不代表每個人的情況，建議還是要自己評估與判斷個人情形，決定尋求非母語者或母語者的老師。同時要強調，不要迷信英文母語人士，還是要看重教學專業。舉例來說，若想學商業談判，就直接向有商業談判經驗的老師學習。太多人會以「英文母語」來當作第一優先條件，這樣一來，有些商業談判能力強的非母語者，就不會成為你的英文老師，這樣十分可惜。針對欲修習的關鍵能力評斷

家教人選是否會教，況且做得好的人也不一定會教，像是組織句子時，若出現「中式英文」（Chinglish），不懂中文的老師可能就無法為學生指出錯誤的關鍵。以上都可提供給各位在選擇老師時當作參考。

適合跟著團體學習時有安全感者，大家有差不多或一致的進度範圍，擁有同學與學習夥伴，喜歡可複習與預習的教材內容。大部分的團體課裡，老師是以統整且有系統的方式帶動大家學習，而很重要的一點是「試聽」，別因別人推薦就盲目的跟從，視自己的需求是否獲得滿足而定。既然投入的是最寶貴的時間，務必選擇最適合自己的班級，尤其是自己喜歡的同學、老師與環境。

⚡優點

可以看到其他同學來與自己參照，甚至可以認識不同產業的朋友。因為大家都有心學習，對語言學習都有興趣，又有各自的專業，是很棒的交流場域，也可從中認識到不同的表現方式，便從語言學習昇華到跨產業的學習。若是具有影音系統的機構還可補課，免去進度落後的困擾。

⚡ 缺點與建議

　　等待別人與讓別人等自己都是比較有壓力的上課狀況，部分團體課的老師也比較不願意在課後提供協助。相比之下，家教老師會留下個人聯絡方式，即使不是「有求必應」，但也不至於「不理不睬」。輔助學習是否符合個人需求以及是否夠全面，是不少訓練者在尋找課程時容易忽略掉的附加價值。團體課時課堂上的平均練習時間雖然會稀釋，但別人提出的問題也可能意外擊中自己的需求。解題、學習法或文法公式的課程，如：字根字首教學等，就很適合團體學習。

> 　　讀書會：提供給有一定程度、想要更進階的訓練者。透過定期聚會以及規定練習方式與選材，便可有固定頻率的教學相長時間。

☆ 自娛娛人

　　這類型的人學英文，是為了不看字幕就看懂英文電影、直接收聽英文廣播。這些人本來就對英文有種莫名的喜愛，或者接受到的教育或養成環境給了他們對英文的興趣，必須大大地恭喜！這類型的人在生活當中本來就不會排斥學習英文，但還是

可以有意識地學習與進步，也就是所謂的「主動學習」（Active Learning），主動比較與分析。例如：在路上看到雙語告示牌是否會檢視，看華語電影時也會看英文字幕，反過來，觀看英文電影時會檢視中文字幕等。也可根據興趣延伸變化各種吸取新知的方式，如對星座有興趣可查看英文網站，抑或是利用 Google Alert 工具訂閱與自己部門相關的國外網站關鍵字，不僅與工作相關連，也能夠持續增進英文。

與大家分享一個勵志的案例，一位 40 幾歲才開始學英文的老闆，他學了一陣子後，目前 50 幾歲，不僅能夠自己收看哈佛線上課程，還可以與年輕人分享「行銷 4.0」。所以，學習永遠不嫌晚！

聽唱英文歌與結交不同國家的朋友，也是很適合這類型學習者的方法，甚至可以從中學習外國文化。簡而言之，這類型的需求就是為了讓自己很開心，偶爾幫助朋友，如果你符合這個類型，就繼續快樂地學習下去吧！

工作 & 升遷

許多人是在進入職場後才發現英文不夠用，這是很正常的事。體制裡與在學期間所學到的英文都與工作時有些落差，主要的落差在於，工作時所使用到的英文必須符合產業別裡的格式與用語，不一定是大家熟悉的內容，甚至有時還需要社交與應酬的成

分。如果你本來就不習慣用英文聊天與交朋友的話，此時會更覺得挑戰性高。大致上又將分為以下幾種需求：

⚡日常工作內容

部分工作需要大量讀寫報告、電子郵件與說明書等文件，有些則有打電話、開會與上台簡報等需要聽說能力的執行項目。其中，開會又可分為被動與主動需求。被動參與會議者聽力要好，才能夠進入狀況，並適時在與自己有關的業務做出回應。主動的角色通常為主管，作為主持人或主要問答者，甚至需要主導會議流程並做出決策者。如：工程師與廠房人員需要閱讀報告與說明書，貿易商國際業務需要撥打電話與大量讀寫電子郵件。

⚡出差

需要使用到會議、展覽或差旅相關用語。

⚡升遷

為了這個目的而學習英文，通常讓大家很想要達到但又覺得困難。上級在選擇升遷人選時是綜合考量，也不只是考慮英文能力而已，更不只是證書上的分數。真正的應用能力才是值得花力氣去追求的，若為了升遷拚到一定的成績，卻無法實際為公司發言，其實也不是好事。但看重自己實力的同時，也要在考前鑽研考試內容，確保自己的實力能在考試中發揮成分數。釐清自己想

提升實力的目標，而非僅止於追求高分，切莫因為目前成績不高就沮喪，世上英文不好卻很能、很敢溝通者大有人在。

進入外商

同事或主管為外國人的機率提高很多，因此擁有直接切換雙語的能力就非常關鍵。

大家都以為日商喜歡的人才需要很好的日文能力，但其實日商更喜歡日文不錯，但英文比他們好的人。對日文與英文都有興趣的人，可以往這方面加強自己的語文能力。

村長有一位電機背景的朋友，帶著 960 多分的多益成績到日本的大企業面試，結果讓在公司受到神一般尊敬、多益 930 分的在職主管備感威脅。這位朋友注意到主管很少開口講英文，而且外國人來到公司時會盡量迴避，才發現這位主管的英文口說並不流暢。光從這點就可看出，日本人普遍對於英文能力好的人的景仰。鼓勵想往日商發展的朋友，日文達到一定的溝通程度後，不妨用英文取勝吧！

說實話，並非所有工作都會使用到英文，只是以備不時之需，也為自己增加更多機會，在需要的時候更能表現自己並能更加以應用。在職進修的方式有很多，不見得是傳統的補習或上課，可以融入在生活中（參照 1-1「分類帽」單元裡各種生活化的方式）。最重要還是找到適合自己喜好與作息的學習方式，千萬不要跳回補救教學思維，不是因為不足，是因為自己想要才學。

商務

　　特別把商務區隔出來，是因為商務是「作生意」，與「上班」是不同的。上班是幫公司賺錢，但商務是兩個企業體或商務單位之間的交流，如：談判、審閱甚至撰寫合約，這種情況下就算外包出去，也必須具備理解與審查的能力。

　　學英文會全面改變你的想法與生活，而非只是一個語言工具。

　　為了商務目的學習英文，能夠從新聞裡看到一些國外的產業動態或歐美的法院判例，藉此連結到個人工作與生活相關的決定，如：投資與外匯。商務牽涉到結合更多商業思維，不只是執行任務，商務難在自己必須是主導且有主見的角色。

　　另外，很重要的一點是，商務必須建立信任關係並清楚的溝通。至於商務社交方面，平常接觸的消息必須夠廣，才能無所不聊。舉例來說，美國人喜歡聊棒球、美式足球與籃球，若對這些話題一無所知，真的就只能聊天氣了。若真的對體育沒興趣，至少也要了解一些生活的軟性素材，如：簡單歷史、新鮮事、傳統、飲食與文化等，如此一來，彼此就能夠順暢的聊天了。

　　不少人也許就會想問：「有沒有什麼學習資源，可以快速增進閒聊的內容呢？」或許可以換個思考方式來回答這個好問題。在亞洲文化裡，大家比較不喜歡打擾別人，所以不會問路人：「今天過得好嗎？」但相對的，在歐美，就算只是買一杯咖啡，店員都會如此詢問，甚至走在路上，都會有人問候「今天如

何？」第一次遇到的朋友往往會招架不住。就連美國朋友也在芝加哥搭 Uber 時被司機詢問「You're just starting a new day today?」而傻住，這類型的問候其實包羅萬象，如果遇到類似的、較不常見的問法，就算是美國人還是有可能反應不及。

追根究柢，這就是一種「small talk」，所謂的「日常社交會話」。所以換個角度想，「你好嗎？」與「今天天氣真好」等普通的內容，都可以是開啟話題的方式。平常有在用英文吸收資訊，特別是生活類的素材，像是 TLC 旅遊生活頻道，由於內容與風土民情、流行文化、國家文化與做菜有關，所以不論是直接在電視上收看或追蹤社群媒體，都非常生活化。或者電影也是一個很好的話題，再不然的話，聊天氣其實也可以喔！

旅遊

從食、衣、住、行、育、樂全面都需要照顧到，是個綜合應用的領域。可是，旅遊模式的不同也會影響到需要加強的英文能力，以及能夠提升語言的幅度與方法。在此就簡單分為跟團旅遊與自助旅遊來為大家介紹：

跟團旅遊

因為不少生活中的大小事都已經有人幫你照料好了，所以比較需要注意的大概是告示與指標的閱讀。總是會有自由行的行程，

必須懂得一些溝通交流、購物與簡單問路的對話。建議大家出國備有網路，除了地圖之外，因為英文不見得能在世界各個地方走跳，利用翻譯軟體輔助溝通極為重要，不然到了法語區，或其他不擅英文的國家，就只能訴諸肢體語言了。

⚡ 自助旅行

　　挑戰變多的同時，探索的樂趣也會大增。離開華語世界之後，英文與外文就變成與世界溝通的唯一方式。當然，肢體語言也十分重要，因此不必太擔心英文不夠好。自助旅行的英文需求可以說是全面性的，食、衣、住、行、育、樂都會有使用的時機，例如：與民宿主人聊天，就是超棒的一種文化體驗，或是向飯店櫃檯詢問附近景點，都能夠獲得寶貴的情報。

　　最能拓展視野的不一定是看到雄偉的古蹟，而是與不同文化背景的當地朋友交流，能夠讓自己的世界變大，以及報名參加當地的各類活動，如：論壇與節日慶典。利用 Meetup 等聚會軟體搜尋附近有什麼提供給當地人與觀光客參加的活動，甚至參加運動聚會，如：籃球聚與夜跑團，都能夠找到與自己興趣相符的朋友。

　　自助旅行時，或許也會希望能夠直接聽懂博物館導覽並看懂展覽內容。另外，與計程車司機聊天也能夠聽到不同的生命故事、人生經驗與當地文化。而在餐廳點餐時，不必擔心也不需要埋頭苦幹，試圖破解充滿法文或義大利文的菜單，可以請服務生解說，不但能夠針對自己的飲食偏好挑選，也能夠避免踩到地雷。

與地頭蛇接軌，永遠會勝過外地人苦苦探索！

　　翻譯特別列在最後一類，是因為它屬於進階應用，前提是必須
具備一定的中英雙語能力。很多人在工作上會被要求執行翻譯工
作，但並不是所有人都需要就讀翻譯所，也可尋求坊間的進修課
程與書籍，使自己工作更順利之餘，也可用來提升自己的雙語能
力。翻譯同時需要用到表達、分析、邏輯與記憶等不同面向的能
力。要自學不是不行，但是非常困難，還是建議大家由「師父領
進門」，再更有方向地跟同好與同學組成學習團體，互相砥礪或
自我修行。

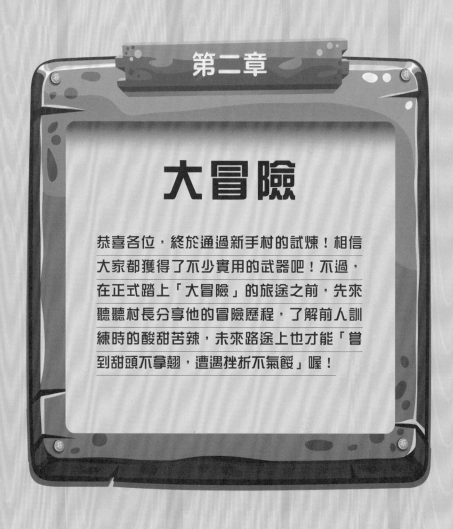

第二章

大冒險

恭喜各位，終於通過新手村的試煉！相信
大家都獲得了不少實用的武器吧！不過，
在正式踏上「大冒險」的旅途之前，先來
聽聽村長分享他的冒險歷程，了解前人訓
練時的酸甜苦辣，未來路途上也才能「嘗
到甜頭不拿翹，遭遇挫折不氣餒」喔！

2-1 從前從前

小學四年級時，學校終於開始教英文了，但我們的英文老師是體育老師。當時不覺得英文很重要，到了五年級考試考 40 分，雖然感到挫折，覺得自己英文很差，但仍不以為意。

然而升上國一，就被刺激到了，因為班上同學大多上過兒童美語課，並且完成所有級數。這些同學英文還滿好的，老師講英文時，他們不會害怕，還能夠跟老師對話，這對當時的我來說是很大的震撼。從此開始發憤圖強，閱讀《大家說英文》，還聽英文歌學歌詞。

國二時，我已幾乎追上這些同學的程度，由於他們覺得自己英文很好，就把時間都放在其他科目上，我也就秉持「龜兔賽跑」的精神把握住這個機會。到了國三，有時候我的英文分數就能比他們高了，也就可以花更多的心力去搶救我的數學（笑）。

「學英文」讓我感覺不一樣

但最大的重點是，在這段時間裡，我越來越發現「學英文」是件有趣的事情。比起學習其他科目，學英文讓我有種「變得不一樣」的感覺，彷彿英文是「不同的世界」。有一段時間，我覺得學英文就是要徹底模仿外國人，或是「變成」外國人，也曾經在學習目標的欄位填上「我希望英文聽力與口說跟母語人士一樣好」，但後來發現，我們最大的優勢其實是跨文化與雙語的背景，不應該拋棄自己原本就擁有的資產，而是能夠兼容並用，當然不是「變成外國人」最好。同時，也沒有誰的文化比較好，誰的文

化比較差，只是不同罷了。

　　國中時，我心裡很嚮往似乎比我們高深或先進的外國文化，但終究是要考高中。而考高中的時候也是一心只想考建中，可惜最後以一分之差，也就是基測分數 279 落榜。我的世界當時非常狹隘，完全沒有把附中放在眼裡，極為目中無人且無知。許多人的第一志願都是師大附中，但我只想要上建中，也有報考建中人文社會資優班，但並沒有考上。

⚡ 蛻變的起點

　　考上附中後一開始很難過，因為我只看到我得不到的，但後來發現這裡是一個學風自由且充滿著多才多藝、古靈精怪同學的天堂。由於國中時有製作網頁、參加台北市班網比賽奪得優等經歷，為了想當網頁工程師，而選了第二類組。後來發現若想要當網頁工程師，理化與數學必須十分頂尖，但我更有興趣的是「語言」，畢竟回顧過去時光，從小就喜歡看電影與看書。到了高二，抓住了一個機會，轉考語言資優班，而這也成為蛻變的起點。

2-2 蛻變

　　當時的我是以優異的國文能力考進語言資優班的，因為雖說英文還算過得去，但都只是國中時期累積的老本以及高中擔任英文小老師所累積的能力。我幫老師準備課堂教材時，會看到老師桌上的資料，到辦公室的時候，也經常會看到老師在閱讀英文，就覺得老師也一直在更新自己，便默默興起「自己也要認真」的心。如果老師都在教師休息室打電動，學生應該也會想說「我到底為何要認真」（笑）。

⚡同學像在演「活生生的美劇」

　　考進語資班後，發現班上同學幾乎小時候都在國外住過，落差感非常大。班上同學都可以自由自在地用英文對話，給我很大的壓力。其實高一時，我就在走廊看過他們講話，當時覺得他們很像「活生生的美劇」，帥帥的，能夠自由的運用兩種語言，而且表現出大方且洋派的氣息，讓我極為憧憬。僥倖考上之後，發現原來他們也會講中文啊，所以才沒有在班上被霸凌（誤）。我自覺當時是以國文成績來維護自己在班上的地位，畢竟英文能力還無法快速地切換。

　　考英文聽力測驗時，我聽得很辛苦，但也還能聽懂，可是由於班上同學都是小學在國外待比較久，像是美國、英國、澳洲等英語系國家，考英文時都十分快速就交卷了，而我就是必須寫到最後的那個「台灣學生」。這些同學給了我很大的啟發，雖說他們很歐美化，但大家都是同樣的年紀，都喜歡打電動與看漫畫，女

生也會聚在一起八卦，男生也會聚在一起打球。

最有落差感的還是口說吧！雖然我無法立刻融入全英文的環境，但我也努力的聽、努力的學，希望有一天可以跟大家自在的聊天。由於班上人很少，因此大家感情都滿好的，也聽到一些同學述說小時候剛出國的不適應感，對我是一種安慰，這並不是幸災樂禍的心態，反而是看到當時的自己。就像我一位要好的同學，她小時候被媽媽帶去美國很難適應，下課時會到圖書館抄寫句子，先從作文找到信心，有了信心之後，生活中的口語常聽常講就熟練了。讓我覺得，沒有不可能，只是是否找到方法而已。

⚡ 文法會忘記，語感會留下

讓我一直維持下去不放棄的原因是，雖說班上同學寫考卷的速度很快，不過最後公布成績，我的分數也有 80、90 分，那是因為我很認真的背單字與學文法。現在回想起來，我與班上同學是以兩種不同的方式在寫考卷。班上同學常與老師在課堂上討論的是，這個句子讀起來順不順或自不自然，但是講到文法時他們都非常困惑，認為很複雜、很困難。反觀我自己，由於從國中就開始學文法，所以這些東西對我來說都極為理所當然，只是越學越進階而已。同學以自己長久以來的實力與素養來面對考試，而我則是以應考的方式來面對。我們以不同的學習法來寫考卷，卻能夠得到差不多的分數，可以的話，我當然是鼓勵大家往同學們的學習法邁進，也就是「培養語感」，畢竟「文法會忘記，但是語

感會留下」。

　　現在回頭看，才發現當時真的是潛移默化地以同學的方式學習，但坦白說，我到高中畢業都還沒有辦法自在流暢地以全英文講話，上台都還是要背很久的稿子。最寶貴的回憶是，在高中同學身上看到的精神，他們雖然英文已經很好了，都還是不斷提升自己，繼續看英文小說、影視消息。這些都不只是維持能力而已，而是一直在提升與擴張，也才不會被後方努力著的我趕過去，沒有國中「龜兔賽跑」之感。

　　就好像一塊偷偷吸水的海綿，慢慢地，我一點一滴成長茁壯，也在不知不覺中蛻變著。

2-3 初入外文系

　　帶著有點心虛的心情，我升上大學就讀外文系，實際開學之後發現，都是以文學課為主，還有附帶一些語言學的課程。有趣的是，學期初有一個發音免修測驗，就是到英文母語教授的研究室內，唸一段文章給教授聽，教授就會判斷你的發音是否過關。「我過關了！」還滿開心的，可是這只是代表我的「發音」尚可，我心裡深知自己還無法好好順暢地表達想法，連會話都沒有十足的自信。

⚡ 向厲害的人「偷學」

　　為了增進會話能力，當時的練習主要就是一個禮拜一堂英文口說課與一次英文聽力課。口說課教授是引導式的，帶領我們閱讀一些主題與文章，之後讓同學分組討論意見或聊天，下課前發表剛才討論的結果。從這個練習裡，我們必須試著表達自己的想法，而且必須對材料有想法與觀察。不過，我現在都不敢回想當時自己到底是怎麼講的，只能很本能的表達，也向口說比較流利的同學偷學，所以其實這段過程也是有點像高中時期的，也就是向比自己厲害的人「偷學」。偷偷觀察他們的句型、說法與用詞，聽到一句話後的反應，以及同意或不同意對方時會如何接話。同時，我也向教授「偷學」。

　　口訓課的期中期末考的考試方式非常特別，兩人一組，準備一個主題，可事先演練，但若太過依賴背稿一定很明顯，因此重點是兩人熟悉該主題的各種論點與說法，再到教授研究室內對話。

考試與平常練習最大的不同是，教授將全程監聽，因此所有的優點與缺點都會暴露在教授面前。當時班上有一位同學，平常不太用功，但腦筋很靈活，所以他的口說成績都很高。而我自認是用功型的學生，因此會很認真的寫好稿，並與對話夥伴搭檔好，但卻沒有得到教授的青睞。這也讓我思考，有時候不完全只是文法正確，而是對話是否能表達自己的想法、提出新穎的觀點、靈活思考與接受別人的論點，而不只是乖乖地把話接下去。

　　大學時期的我不了解，為何不用功、調皮搗蛋但靈活的學生能夠拿到比較高的分數？現在回想才知道，靈活運用語言才是最應該被鼓勵的事。不被文法所框架與限制並不容易，因為大部分學生都被分數定義了自己，也被考試影響了學習，這也是教學訓練與學習者的一大困難挑戰。誰來評斷語言使用是「亂用」還是「活用」？

⚡ 基本功的磨練

　　另一個面向是「聽力」，當時一週一節課的練習當中，收穫最多的是「製作逐字稿」練習。除了從製作逐字稿練習聽力以外，還有把這些學到的東西運用到口說。在製作的過程中，可以記憶不少實用的用法。逐字稿是反覆聽與反覆猜測的過程，在這個過程當中，自己聽出或猜出的內容會特別有印象，再將其應用到課堂練習的稿子裡，就會雙重進步。

　　口說與聽力相比，聽力課的教授要求比較嚴格，班上還有同學

由於壓力大而落淚；口說課比起來就輕鬆很多，比較像聊天課。聽力課上台比較類似演講，是備稿的，如同公眾演說，壓力就比較大；口說課則大多是與同學、教授對話，壓力相對比較小。

這些基本功的訓練滿重要的，坦白說，讀文學作品對英文表達的直接幫助很有限。大家只要想想，如果有一個人平常講話都像十四行詩，別人會如何看他。但是，對外文系的同學來說，教授都是相關專長，修習這些課程能夠學到許多有深度的內容，與英美人士聊天時也比較「有哏」。就像學中文的外國人如果跟你談唐詩、宋詞，你也會覺得對方比較有涵養。

也就是在這時，社會上開始流行華文教學，系上也開設相關學程，我也了解這是一項專業，但我的興趣不在華語教學。我希望用市場，而非學分或學歷來驗證自己。大學時期很珍貴的地方在於，班上有母語非中文的同學，例如：土耳其交換學生，與他們對話可以接觸到不同的文化，當我了解外國學生的程度後，也懂得不要太小看自己。小時候對外國臉孔不了解或排斥，但實際跟他們對話後便可得知，並非所有「外國」臉孔的人英文都講得很好。

另外，小時候常看到關於英語學習的分享提到，要多看電影與影集。當時候我懵懵懂懂，進了外文系以後才發現，看影集對身邊朋友來說根本是「日常」。不但大家都愛看影集，也都會從中學習用詞或用語。而且，大家喜歡看的節目也很不一樣，可以藉此擴充自己的生活經驗，畢竟我們可能活了一輩子，也不會用英文去追小偷。

2-4 出國闖蕩

　　大一時除了必修課程的基礎訓練之外，我也想多了解其他外語，於是修習了德文課程。教授很有德國人的嚴謹精神，所以讓我打下很好的發音與單字基礎。給我的很大啟發是，用新鮮的眼睛在看外語學習與語言學習，畢竟開始學英文的時候年紀還小，但一開始上德文課，教授就告訴我們「這是重新開始的好機會」。不少人認為自己的英文發音不好是因為一開始沒有學好，因此教授告訴我們，利用這個機會學好德文發音，擺脫為了考試而學習的想法，投入在其中，張大耳朵仔細聽德文的聲音，並想辦法盡力模仿。

　　在「模仿說、讀句子、學著聽與抄寫」的過程中，我學得很上手，但還是無法突破「說」的能力。畢竟自己不是德文系，學校考試要求不算太高，簡單的單字默背與聽力測驗都能選出正確答案，寫作也沒有大礙，唯獨「說」始終停留在「背好一段對話，再上台演出」的階段。不曉得大家讀到這裡是否覺得很熟悉呢？由於缺乏「環境」，所以想給自己實體環境的機會。應該不難想像，在台灣打造德文環境遠比打造英文環境難。網路上找到的讀書會看起來門檻又太高，我便將眼光轉向學校的交換學生計畫，申請於大三下前往德國交換。

　　申請交換學生必須考托福，為了達到標準，得認真準備英文的聽、說、讀、寫，因此準備考試對平常學習沒什麼動力的人來說，仍舊是提升自己的極佳方式。

　　這時，大我一屆的學姊參加了迪士尼的計畫（Disney

International College Programs），便推薦我去參加。當時看到很多出國闖蕩的選項，像是找打工代辦，而迪士尼算是比較特殊的選項。報名迪士尼不需代辦費，所以既可省錢，又可完成小時候的夢想。由於小時候爸媽從來都不帶我去迪士尼，我也向面試官表達希望能以自己的能力前往。最特別的地方是，面試官們並非線上面試，而是直接從美國飛來台灣與日本。每位面試官一天得面試幾十個申請者，因此輪到我時已經相當疲累，我的首要目標就是不停地講、不停地證明自己並讓他感興趣。

我原本的第一志願是到迪士尼的飯店當門房，當時有個文青夢，希望收集許多有趣的故事。想像中飯店門房可以接觸到世界各地來的有趣客人，沒想到這個職缺並沒有開給台灣，是表格印錯了，因此面試官在現場詢問我第二志願。無法當門房的話，我希望能到紀念品店，最後也幸運如願，因為當時自己設定的目標是多跟人講話，若是擔任飯店房務或洗衣部，就幾乎不會使用到英文。

語言在社會環境中使用的真實樣貌

我的工作是在櫃台第一線接觸世界各國的旅客。當時被分派到世界最大的紀念品店 The World of Disney，光是經理就有 21 位，店內有好幾處分區，店內商品食衣住行都有。在工作過程中，不僅使用到大量生活英文，有時還需要打電話至樓上倉庫調貨，都必須描述物品，以及與同事聊天、每天早上的主管會報與事項宣達，確實學到不少溝通的藝術。或許迪士尼的人們都比較溫

和，聽力對我來說不是太大的挑戰，在大致都聽得懂的情況下，便開始思考主管的選字與用詞。同事也來自世界各國，日本人可能會有日本口音，英國同事講話超快，不同年紀同事的話題與說話方式也都有所不同，當然還有少不了的種族排擠，可是這都是學習的一環，況且還是有交到很好的朋友。

工作以外，最常相處的就是室友了。很幸運的，我的室友剛好都是美國人，也有拉丁裔與黑人，所以就比較難一直講中文，但這也剛好符合自己出發前的想法。美國人申請到迪士尼來打工，多半是為了漂亮的履歷或是賺錢，但對我來說，參與這個計畫最大的價值在於文化體驗與語言學習。衝擊比較大的像是 How are you? 的回答方式，在台灣，大家都只是按照課本回答，但到了美國發現，100 個人就會有 101 種回答。這段經歷讓我看到語言在社會環境中使用的真實樣貌，更讓我體會到課本英文與生活英文的落差，也才能更有意識地去模仿與吸收這些所謂自然的語料。不懂的時候，也不會懼怕詢問對方該字詞的意思或他為何如此使用，坦然面對英文並非自己母語，並且大方的與對方分享。只要找到善良的人，都會很樂意與你分享，尤其對語言很有熱情的人，甚至會很高興你與他分享這些事，對他們來說可能是另一種角度。

另外，那時候與很多人成為 Facebook 好友，就會看他們如何撰寫貼文，而且回到台灣以後還是看得到這些內容。那兩個半月已經是我在英語系國家待過最長的時間，在此我呼籲大家不要

迷信環境，但若有機會在英語系國家短暫停留，盡量把握與接觸
各種使用英文的機會，並融入當地。如果暫時沒有機會把自己丟
到那個環境，就試著透過實體活動與網路，自己在台灣打造。

環境只是助力，單字量和閱讀量才是重點

後來到德國擔任交換學生半年，終極目標是提升德文口說應用能力。我去的地方不是大城市，是一座大學城——杜賓根，那裡距離賓士城司徒加特大約是火車一小時的車程。另一間有名的大學是海德堡，兩者皆為德國歷史悠久的大學城，只是杜賓根尚未觀光化。到德國的第一週只能聽不能說，呈現「啞巴」狀態。一週後，為了要生活，盡可能的一邊使用簡單的詞彙，一邊利用肢體語言溝通，才開始講了一些德文，自己都覺得極為神奇。

在開學前，我特別花了一筆錢參加學校開設的一個月密集班。老師規定全德文，不許說英文，但分班考時我連考試題目都聽不懂。現在回想，老師問問題時其實十分緩慢，但我當時大概答非所問，所以他替換了兩、三種不同的問法來問我，甚至最後放棄詢問我該問題。最後我被分到初級班，班上有五位美國人，因此大家常常私下講英文。只是，這一個月的密集班課程當中，有一週的校外教學活動。全班拉到一個小鎮移地教學、參訪高中，由於全程德文，所以雖說室友是美國人，還是深切地感受到環境的效力。我當時認為口說能力突飛猛進是之前累積的基礎，畢竟過去口說都「亂講」，先求有再求好，但靠著努力搭配環境，背單字與閱讀量足夠的話，聽力與口說會進步非常快。重點還是打好基礎，畢竟你不會因為在美國住很久，閱讀能力就大幅增加。

2-5 秘密武器

在迪士尼打工期間也墜入情網，苦苦追求一位英文發音很好聽的女子，她後來成為我的女朋友與現在的老婆。當時我就很驚嘆她的英文為何能夠如此好，所謂的好，是像「外國人」的程度，而非像我土法煉鋼學成的。後來才知道很大的關鍵是，她小學時期在紐西蘭住了五年，也的確印證後來自己接觸到許多朋友的經歷。只要是年紀比較小就在英語系國家居住生活，發音都會特別自然流暢，這可能也與孩童發展與語言習得的理論有關。雖然我不是這方面的專家，但我知道自己很想要追這個女生。

由於手機都是在美國購買的，當時傳簡訊給對方都是使用英文，口語對話時中英夾雜，也向她「偷學」不少。遇到不懂的英文也會問她，她也極為樂意教導我。開始交往之後，她也會糾正我的英文，第一是有權利，第二或許是我如果講錯，對她來說也有損形象吧（笑）。一開始會覺得難為情，但後來想想到底是追求面子重要還是追求進步重要，就比較釋懷了。

重點是兩人興趣接近，都喜歡看電影，也就自然而然地會一起去看一些英文電影，看完之後還可以馬上討論。雖說不見得以英文討論，但每次看完電影時，我都會覺得自己的英文特別好。對我來說，找到能夠自在使用英文的夥伴很重要，當兩個人都認為這是再自然不過的事，就會增加使用的機會與時機，而這樣的幫助與影響一直持續到今天。

2-6 接觸口譯

　　因為在迪士尼打工時，幫助一個台灣家庭進行閩南語與英語的翻譯，而在大四選課時，發現系上有口譯課，就很想試試看。對我來說，重點不是翻譯本身，重點是看到對方得到幫助後的快樂表情，就覺得自己的語言能力可以幫助別人，幫助不同背景的人瞬間了解彼此。翻譯給我「使語言能力發揮效用，對社會有貢獻」的感覺，也就開始對口譯有了一點想法與興趣，只是不確定自己是否能力可及。因此，當我看到系上有這門課時，就決定放手一搏，勇敢嘗試。畢竟不試過就不會知道自己的能耐，於是秉持著「Just do it!」的精神，展開了這趟旅程。

⚡ 口譯啟蒙，逐步建立自信

　　課堂裡，教授不只和善，還用循序漸進的方式教導我們。教授並非採用壓力破表的方式逼迫大家練習，而是先提供稿子讓大家兩兩一組，慢慢練習，然後才隨機點名同學在全班面前練習。如此一來，壓力便沒有那麼大了。十分幸運地，我遇到很好的口譯啟蒙老師，循循善誘，讓同學們覺得自己有能力做到。

　　同時，在課堂上看到不同同學的反應，讓我覺得很有趣。有英文非常好的同學，因為覺得壓力很大，每堂課之前都會緊張到身體不適，擔心表現不好或失常會很丟臉或尷尬。這樣的對比讓我更加感覺到自己有能力「吃這行飯」，因為我能夠接受如此高強度的挑戰與壓力，更何況這還只是上課而非正式上場。

　　口譯極為需要膽量與信心，就算實力足夠，一旦缺少這兩個要

素就會怯場，表現自然不會好。或者是，也許翻譯內容很正確，但台風與態度不足以取信服務對象或觀眾。因此，口譯員真的需要膽量。

另外，口譯課也讓我意識到自己的不足，先發現自己英文不夠好，後來發現其實中文也不夠好。英文不夠好是無法輕輕鬆鬆就聽懂複雜艱深的訊息，甚至有時已經十分專心，還是會因為聽不懂而誤聽或一知半解，但口譯不能不求甚解，一定要懂得很透徹才能翻好。等到好不容易聽懂了，要用中文表達出來的時候，卻發現自己的贅字很多，或因為頭腦裡的詞彙不夠多與靈活而找不到適當的詞彙。

上了口譯課之後，增加了一點信心，剛好看到高雄第一科技大學舉辦全國逐步口譯比賽，就鼓起勇氣報名，沒想到竟然獲得第三名。原本前兩名選手將代表前往北京參賽，但都剛好正值期末考，於是我與另一位賽友便有此機會晉級下一階段，與高手過招，也得到了優秀獎。因為看過的場面多了，不但讓我獲得更多信心，也了解高手都是如何準備自己與呈現。當然，人外有人，天外有天，教授們也都一個比一個厲害，所以在繼續努力學習的過程中，我也慢慢建立了信心。

研究所落榜，決定再給自己一次機會

雖然參加口譯比賽時，已經得知翻譯所考試失利，但對我來說，即使不是第一名，之前建立的信心都對我後來的學習有很大

的幫助。只是口譯所考試還是讓我意識到自己的不足，但我也不因此就想要放棄。落榜的確很沮喪，但也覺得更應該要充實自己，於是便自問是否真的很想從事這個行業，進而決定再給自己一次機會。

當時所意識到自己的不足是，一般生活的情境與文章已經可以理解，但我發現自己很少閱讀中英文社論，以及練習分析性寫作。閱讀許多《經濟學人》的分析型文章與《時代》雜誌的社論後，我才意識到新聞與時事分析的差別。

至於翻譯所的準備方法，各位勇者可參考美國蒙特雷國際研究院的文章《十種準備方法：預備自己好修習口筆譯及本地化課程》（可掃瞄 QR Code，看村長翻譯文章《口譯筆譯學生必看：十項學習 / 準備方法》），包括：廣泛閱讀、以各工作語言獲取時事新知、加強各領域通識等各種不同的方法。尤其是社論等進階但聚焦的領域，其實是很適合當作密集準備的材料。

另外，推薦給有一定基礎的勇者們，如果想熟悉特定領域的英文，可以活用 Domain English Learning 與 Professional English 的概念與學習法，例如劍橋便推出了一系列叢書，很適合希望了解特定領域用詞的學習者。

村長自己也是從日常與一般會話進入到分析性英文，雖說翻譯所落榜，但這些練習與參加比賽都讓我奠定了一定的自信。

2-7 外交部考生時期

在外交部擔任替代役期間，很幸運地，外交學院的口譯課程開放給替代役男參加，便得以與眾多外交官一起受訓。

除了幸運的學習經驗之外，另一個幫助我甚多的是「英文演講會」。當時的主管剛好是演講會的會員，有一天他對我說：「德浩，帶你去參加一個活動。」我疑惑地問：「什麼活動？」他只說：「來就對了！」於是，就被拉到一個神祕的小房間，裡面大概有 20 幾位外交官，每個人都非常熱情，接二連三的上台講英文。而且，不論台上的演講是精采或一般，台下都報以熱烈的掌聲，後來我才知道這是「Toastmasters 國際演講協會」。

在這裡有備稿演講、即席演講、講評等不同練習，各有各的挑戰。一開始我也學著擔任計時員與贅語紀錄員，必須很專心地聆聽，並練習以英文反應與溝通，對我來說是極為實戰的訓練。不僅使我順利考上翻譯所，也對未來的工作領域很有幫助，所以一直參加到現在。

演講會幫助我加強英文臨機應變與公眾演說的能力，並脫離一定要備稿的日子。雖然服役的這一年是考生時期，但坦白說，我並沒有花費很大的心力在準備考試上，而是聚焦在補足自己缺乏之處，演講會則加強了我不少英文的實用技能。既沒有把自己關在圖書館，也沒有狂寫考古題練習，而是大量使用英文來了解與吸收新知，以及上台實際演練，以及與他人互動。

因此，各位勇者在學習的過程中，一定會越學越覺得不足，但切勿因為不足就放棄，而是應該正面以對，哪裡不足就補哪裡，

才會越來越完滿。

　　各種練習與訓練也讓我在服役期間，養成拿到任何文書都會特別注意中英雙語對照的習慣，而經過一年的準備與充實自己之後，也順利地「吊車尾」考上翻譯所的口譯組，進入我夢寐以求的殿堂。

2-8 敲開翻譯所大門

　　進入翻譯所後，必須更嚴格要求自己，因為教授們都以最高標準要求學生，所以講話時文法本來就不該有錯，還必須詼諧且精妙。舉例來說，中進英口譯課時，教授要求同學翻譯笑話，因為用詞必須夠巧妙或幽默才會好笑。

　　我當時也會把自己的練習錄下來，回頭聽時放大自己的問題，如：句型選擇不佳、贅詞過多、重點不明確、文法錯誤等，檢視後嚴厲提醒自己快速改正。同時，也向所上英文母語同學討教道地、但課本上學不到的英文細節，也偷學同學的講話方式，包括：口頭禪與傳訊息。當時班上有一位美國同學，被稱讚時都會謙虛地說：「I try.」

　　翻譯所期間，當然壓力很大，但也進步很多。的確，「學海無涯」這句話說得確實，只是有了扎實基礎後，在學海航行時，才不會茫茫然失去方向。

勇者冒險故事

聽完村長的冒險故事之後，還是不太清楚該如何努力嗎？以下村長就提供幾位成功在村子裡獲得寶貴知識，並繼續在冒險的道路上努力的勇者，供大家參考。如果你發現自己與他們有類似的情況與情境，就千萬不要放過依循前人腳步的大好機會吧！

 Cindy

Cindy 的工作不會用到英文，但是她對英文很有興趣，希望在旅遊與生活上尋求進步並有所突破。應該不少勇者有相同經驗吧，特別是中年以上的學習者，由於小時候不太讀英文，開始工作賺錢後想要出國遊玩，卻發現自己英文能力不夠應付。

與 Cindy 同類型的勇者可能有以下特徵：1. 不太敢開口。2. 敢開口也無法精準表達。3. 聽不太懂他人說話的內容。4. 開口講話時必須緩慢地在腦海裡中翻英。

破關攻略：參加演講會

Cindy 一開始先在演講會擔任計時員與贅語記錄員，就不需擔心必須馬上開口講困難的內容，但於此同時，她也開始慢慢試著聽懂他人說話。從表情、會後請教與肢體動作，讓自己慢慢上手。當了幾次計時員後，Cindy 也開始搭配 VoiceTube 每日口說挑戰增加練習機會，而為了上台演講，她也試著開始寫稿，再請會

友幫她修改。

因為演講會的現場溝通（口語）與訊息溝通（文字），Cindy 有很多使用英文的機會，所以便快速地進步與成長。一點一滴慢慢地累積後，半年後口說也就慢慢地進步了。

Henry 是一名企業主管，單字量還不錯，工作上也會使用到英文。他非常喜歡看電影，但他最需要加強的是口語表達。通常聽力都無法完全聽懂，所以在接收到較難訊息時會無法吸收，但大致還能理解，主要是口說熟練度極差。

破關攻略：生活口語的素材，包括點餐、問路等旅遊生活英語

Henry 的目標並非好高騖遠，他只是希望自己能成功以英文講出完整的句子。在每週一小時的課程中，村長先讓 Henry 開口使用簡單的片語與詞彙，再慢慢加強到句子。村長授課時除了口語素材，也會與他討論工作相關的內容。同時，為了使 Henry 的生活更加英文化，他也將手機介面調整成英文版。慢慢地 Henry 就有勇氣講出英文句子，過去他無法達到的原因有很多：缺乏勇氣、完美主義……但兩、三個月後，Henry 不僅能講出一個句子，甚至可以直接用英文聊天。

　　Cindy 與 Henry 的進步曲線都不是平緩，而是十分陡峭的。雖說前面卡住、掙扎很久，後來就飛速成長。由此可見，英語學習真的是一件必須耐著性子學習的事，只要有耐心，突破瓶頸的一天終會到來。

　　Amy 的工作比較特別，常須出席高階國際會議。她的單字量非常高，但口說極度不熟練，很多字看得懂，但發不出對應的音。

破關攻略：每週一小時，聚焦在同一領域加強英文

　　由於單字會重複，會馬上看到上次學到的內容，學習成就感會提升。遇到重複的內容時，Amy 便能很快熟悉。課程中以英文進行簡單的討論，若她無法精準表達，便以中文呈現，村長再協助她將其中翻英。Amy 慢慢改善了口語流暢度，雖然還是有一些文法錯誤，但已經晉升到堪用的程度，尤其是她終於能讀出自己看得懂的字了。

　　Andy 是一名高中生，因為常看影音素材，所以口音聽起來很

不錯，也有流暢度，但準確度不高，可以說是許多新一代孩子的縮影。雖說英文聽起來有模有樣，但文法誤用率高，也無法分辨相似字。

破關攻略：找一個文法概念清楚的老師，糾正每個文法錯誤

由於文法概念的問題也會反映在寫作上，寫作中的壞習慣也必須請老師一併糾舉出來。另外，也可以針對自己的興趣，如：NBA，多多留意訪談素材，尤其是分析、紀錄片與球評的發言，內容會比較正確。

Andy 屬於英文不差，但關鍵能力不扎實的例子，在這四個案例裡，算是較為辛苦的，因為他是在課堂與學校被老師逼迫著進步，但這樣的訓練對他的將來還是會有幫助。畢竟未來若需正式表達與寫作，這些細節都還是極為重要的。

道具屋

其實每位勇者應該都有自己使用起來順手的道具，不過，為免大家在挑選時花費太多時間，村長先來推薦幾件效果不錯的道具，如果各位勇者看到喜歡的，便可以在接下來的旅途上帶著走囉。如果覺得道具太多，不知道從何選擇的話，也可以參考村長為各個部落量身訂做的循序漸進套餐喔。

初級道具：VoiceTube 每日口說挑戰

由於這件道具附有詳細的解說，又是採用主持人口述的方式引導，對於大耳部落的居民來說，學習效果相當好。在素材內容上也不會過於艱澀，很適合初階的部落勇者使用喔。

https://tw.voicetube.com/everyday/20181220

中級道具：ICRT App

這件道具應用非常廣泛，除了 ICRT EZ News 附有文稿之外，其他的節目內容都沒有文字輔助，所以屬於中級道具。對於想要增進自己各方面領域知識與單字使用的勇者來說，會是很有幫助的道具。

高級道具：Netflix

當然在 Netflix 上也有不少生活化的影集，不過多數與犯罪、奇幻或超現實有關的內容，往往會讓勇者們學習到很多大概一生都用不到的字詞，因此列為高級道具。同時，觀看一部電影或影集，肯定會在短時間內被大量語料轟炸，比起前兩件道具，效果大大提升，起始等級當然也需要比較高才招架得住喔。（網址：https://www.netflix.com/tw/）

 **大眼部落**

⚡ **初級道具：喜馬拉雅 FM**

　　對於大眼部落的居民來說，能夠看到文稿的道具，使用起來應該最心安吧。這件道具裡有很多不同的節目，村長推薦給大家的兩個節目都是每天推出，而且長度不長，極為適合一開始使用這件道具的勇者。（網址：https://www.ximalaya.com/ ）

⚡ **中級道具：《光華雜誌》與《空中英語教室》系列雜誌**

　　如果想要練習翻譯，這件道具再適合不過了。不但擁有中英文對照，且文章內容既豐富又有深度，練習時，也可以同時學習到與各種領域相關的片語與單字。

⚡ 高級道具：Netflix

大眼部落居民使用這件道具時，一定要打開字幕學習，才能達到最大的效果。但是，電影與影集畢竟多為正常語速，閱讀上或許會有些吃力，但透過這樣的訓練，不只英文閱讀速度會突飛猛進，就連聽力也能夠大大提升喔。

⭐ 大手部落

⚡ 初級道具：VoiceTube 每日口說挑戰

大手部落的居民在使用這件道具時，切記重點為實際跟讀練習或試著回答解說影片裡的提問或討論內容。自己確實開口說說看，才能對當天的主題更加了解，並熟悉開口講英文的感覺喔。

⚡ 中級道具：《光華雜誌》與《空中英語教室》系列雜誌

親自用手寫下來的內容，最能讓大手部落的居民刻在腦海裡。利用中英對照的雜誌，訓練自己雙語轉換的能力，加上抄寫的過程，擴大自己的片語搭配使用能力與單字量，強化詞庫的同時，也提升寫作能力。

⚡ 高級道具：Echo Method 回音學習法

跟讀練習或許對大手部落居民來說稍微困難了些，但試著跟上史嘉琳老師的步伐，聽完一個句子後，稍微等待幾秒鐘，讓腦袋轉一下，再試著複誦出來，讓聽到的英文內容回放，確實感受「回音學習法」的魔力（請參考 088 頁詳細介紹）。

以下村長進一步說明之前提過的幾個道具：

 喜馬拉雅 FM

這是一個手機 App，與聽 podcast 的概念有點相似，上面有各類學習素材，不只語言學習。在此村長就推薦自己聽過，覺得還不錯的兩個節目，以及可搭配的學習法供大家參考。

使用方法：收聽時可跟讀模仿，也可在不懂時隨時暫停查詢單字。

1. 和 Emily 一起練口語：

每天一集，一集約五分鐘左右

由於大部分學習者都是閱讀先行，也就是學習素材通常都是先看才補上聲音檔，造成大家腦海裡都是圖像與文

字，卻不太有聲音。所以推薦這個節目是因為它是聲音先行的學習法，不理解的話再查找字典，變成以圖像輔助，補足各位過去閱讀先行時的不足。再加上節目是以中文講解，入門容易，不會讓大家一開始就退縮了。

優點：附上當天主題的文章，因此也有視覺輔助。

2. 夏說英文晨讀：

每天一集，一集約十分鐘左右

節目內的老師皆為英國腔，適合想學習英國腔的勇者。每一集都是完整的導讀，適合通勤時間收聽，每天附上一段文稿與解說。

優點：內容包含各類主題，除了學英文之外，還能了解時事。素材廣泛，有較多知識面的收穫，也可學習到單字與文法。

由於沒有文稿，屬於較為進階的道具。在 Podcast 區裡有不少節目可供選擇。

1.Taiwan This Week：每週一集，每集約十分鐘左右

內容都為切合當週的時事。村長之所以推薦廣播素材，是因為廣播這個媒介是沒有文字的，必須完全仰賴聽力來讓聽眾理解，所以廣播從業人員通常速度會放慢，咬字也較為清晰。

優點：可聽到密度高的辯論、講解與知識，又因為背景內容都是與台灣相關的事，本來就已經稍微有了解，不會是完全陌生的。

2.ICRT EZ News：每天一集，每集約五分鐘內

內容為新聞素材，也可接觸時事，與 Taiwan This Week 有點相似，在大家本來就已經了解內容的前提下，再去學英文，就不需要補足知識的空缺。

優點：網頁版上有全文稿，且每天篇幅不長，不但不會占據太多時間，也不會造成太大壓力。

使用方法：

Step 1. 播放音檔

Step 2. 閱讀全文稿

Step 3. 再聽一遍

Step 4. 有時間的話，可跟讀模仿發音與語調

 ## VoiceTube 每日口說挑戰

　　由於這件道具的鍛練時間較長，時間較不充裕的勇者，可跳過第一步，直接選擇使用第二步驟，但是，效果當然也會有差囉！

　　使用方法：

Step 1.收聽主持人十幾分鐘的講解，一邊聽一邊學習當天的
　　　　句子

Step 2.使用錄音功能，比對自己的錄音與原文的差別，再加
　　　　以跟讀模仿

 ## Netflix

　　平常都覺得自己沒有在講英文嗎？使用這件道具，練習與操作時長就完全吻合囉。同時，也可以提升大家說英文的膽量與語速，因為為了精彩度，影視作品的語速通常不會太慢。透過這樣的方式，耳朵被大量語料轟炸，嘴巴則快速熟悉英文發音，屬於進步神速的「自虐學習法」。

　　使用方法：

Step 1.開啟英文口述影像與字幕功能

Step 2.戴上耳機，看著螢幕上的字幕，大聲與語音同步朗誦

Echo Method 回音學習法

台大史嘉琳教授相當推崇的一件道具。由於人們在聽到一個聲音時，常會急著模仿，即便這個聲音還沒進到我們的腦海裡。史嘉琳教授表示，人腦很特別，聽完一個聲音後，會自動回放一次，所以同學們在寫聽力測驗時，其實都是聽完過了幾秒才做出判斷，但大家不一定有意識到這件事情。教授提醒大家，要刻意去捕捉回音的時間。

勇者們學習時無法速成，是由於我們經常急著發音或要答案，但其實等待回音時間回放後，再模仿，才會是最準確的，才能確保自己不是用習慣來唸字。

有興趣者可掃瞄以下 QR Code，或輸入網址（https://www.youtube.com/watch?v=sQEWEPlHLzQ），參考史嘉琳教授於 TEDxNTUST 的演講：如何用「回音法」學好英文口說。

 ## 光華雜誌與空中英語教室系列雜誌

最後，村長為大家挑選一件可用來練習英文寫作的道具，主要採用回譯（back translation）來做為訓練方式。

使用方法：

Step 1. 翻到中文翻譯區

Step 2. 試著將中文翻成英文
Step 3. 再翻回前面檢視

Interesting.

You can also say:

Intriguing.

回音學習法

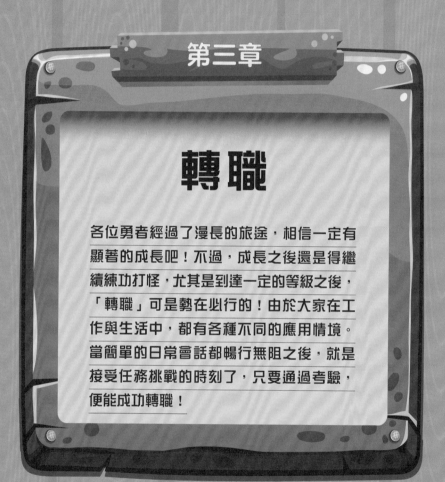

第三章

轉職

各位勇者經過了漫長的旅途,相信一定有顯著的成長吧!不過,成長之後還是得繼續練功打怪,尤其是到達一定的等級之後,「轉職」可是勢在必行的!由於大家在工作與生活中,都有各種不同的應用情境。當簡單的日常會話都暢行無阻之後,就是接受任務挑戰的時刻了,只要通過考驗,便能成功轉職!

3-1 轉職任務

最多人遇到的情況便是：發音不好、聽不懂、苦無使用英文的機會、口說困境、寫不出文章以及無法流暢自在跟外國人打交道。以下列出各種不同的勇者，在練功的路上，面臨轉職時所遭遇的瓶頸，而他們又是如何突破，進而順利轉職的。

擺脫聽力魔王

一位半導體公司的主管，英文不錯，但在工作會議裡，美方會派律師前來溝通，句型不但較長又複雜，而且有些法律專有名詞。他經常會因為這樣而無法百分之百確認自己聽懂對方所說的話，但對方也可能是由於戰略目的而刻意讓台灣人無法理解，而一再確認對方表達的內容又不太禮貌。

這種情況下該怎麼辦呢？

當下可禮貌且客氣的表達「Please allow me to check/confirm.」並將會議內容錄下，事後再仔細分析檢視。保持尊重，爭取時間，現場主要都以尊重溫和的語氣表達自己需要更多時間來進行確認，以自謙的方式展現誠意。

打敗口說心魔

當聽力進步了，可聽懂大部分的聽力溝通，但輪到自己講話時

卻無法自由自在的表達，而必須一個字一個字、一個詞一個詞慢慢想。

這種情況下該怎麼辦呢？

　　會出現這種狀況，表示口說的熟練句型與詞語的能力尚未自動化。平時可透過自言自語說英文來提升自信與增加練習機會，也可反覆收聽英文對話的錄音，並模仿。模仿算是一個很大的重點，要打敗口說心魔，必須有足夠的語音輸入，所以在模仿的過程中，也可以一邊背誦片語與情境句。同時，先預想好自己可能會說到什麼情境的對話，將這些內容牢記在心，並前往使用英文的場合實地演練，如：Toastmasters 或語言交換活動，並觀察使用後對方的反應，便能得知是否確實掌握該片語或情境句的使用時機。

　　若想更上層樓，也可找一位老師、教練或指導員，自己做一場簡報，並錄影。結束後試著將內容重新謄寫，並請老師、教練或指導員幫忙調整文法，並修正為通順且自然的口語用法，而後逼迫自己再執行一次簡報。如此一來，勇者們能夠親自體會到實際達成目標的感覺，未來只要記住這個感覺，並設法複製，成功就不遠囉。

突破模板障礙

當你撰寫書信時，總是必須依靠模板嗎？

這種情況下該怎麼辦呢？

參考模板並非不好，但首先要確認模板是好的且正確的，再者，想要表達的觀念裡一定會有模板遺漏的部分，這時候還是必須回歸到英文基本功。是否有能力檢查自己的文法，就變得很重要，或者現代人很幸運地可利用電腦軟體輔助，如：Grammarly。但在使用這些軟體輔助檢查的同時，切記不能依賴它，畢竟最理想的情況還是有真人給予建議與指教。舉例來說，暢銷書《刻意練習》中提到，在通往精通與熟練的道路上，指導人員給予適時的提點與回饋非常重要。

戰勝閱讀恐懼

不少人對於閱讀總有種不耐煩與恐懼，當遇到大量英文訊息時，會直接排斥與關機，甚至乾脆將整篇文章丟到翻譯軟體。

這種情況下該怎麼辦呢？

閱讀很大的關鍵分為兩大類別：「獲取新知」與「學習或測驗」。

如果閱讀的目的是獲取新知，只須鎖定標題與重點區塊，理解

完畢並查找此兩處的生字，就完成重點工作了。

對比來說，若將一篇文章當作學習與閱讀素材時，應該選擇八、九成以上都已理解的內容。這在學習理論上稱為「i + 1 理論」，意思為「已知加上一個新內容」，為美國的語言學家史蒂芬・克拉申於 1970、1980 年代所提出的五個針對第二語言習得的假說之首：「輸入習得」。主要說明學習者在理解比自己目前現有水準難度略高的語言輸入後，語言能力將會提高。在大部分都為學習者原本已經習得之內容的情況下，再加上「一個」新的概念，如此執行的語言習得將會最容易。

閱讀的根本，無可避免的就是單字量，若想達到輕鬆自在悠遊書海的境界，一定得擁有單字量。建議大家至少掌握國中 2000 字，再從前後文推敲新的單字，不必急著查找。只要確實遵守「i + 1」理論，閱讀時生字應該相對來說較少，可以說是學習經驗與順暢閱讀中偶爾出現的岔路。當岔路出現時，可練習猜測將會通往何處，這時候，前後文便是周圍的線索，對於岔路通往之處能夠有大概且簡單的輪廓。如此一來，學起來的單字也比較不容易淡忘。另外，也鼓勵大家使用英英字典 Learner's Dictionary。Learner's Dictionary 便是採用國中基礎 2000 字來闡述所有的單字，因此，只要掌握了基礎 2000 字，再也沒有什麼字難不倒你了。

3-2 轉職百寶箱

即將踏上更艱鉅道路的勇者，一定必須攜帶在路上能夠幫助自己的道具。來到村裡的百寶箱，村長將與大家分享，在琳瑯滿目的道具中，該如何挑選最適合自己的，以達到最大效能呢？

首先，提供給大家兩大原則：第一、當然是要有興趣囉，自己看得順眼的道具才能用得順手；第二、剛才提到的「i + 1」理論，一下子就挑威力最強的道具，不見得有能力駕馭啊。

1.**社群媒體與影音學習**：屬於當代的學習方法，過去較少見、但現在很方便的。可在 Facebook 或 Instagram 上追蹤自己喜歡的爆笑影片、名人、媒體網站或笑話，也可下載 BBC 或 CNN 的 App 閱讀網路新聞。一定要確保自己大概看得懂，切勿「越級打怪」，這樣會產生挫敗感，也會很快就放棄了這項道具。

2.**網路觀看電影或影集**：切勿選擇過度艱澀的內容，判斷標準為何？舉例來說，對美國政治不太有興趣，也不希望看影集時必須絞盡腦汁、全神貫注地思考，就別看《紙牌屋》（House of Cards）。不論旁人如何大推，這可能不是適合你的道具，或許《六人行》（Friends）或《宅男行不行》（The Big Bang Theory）等輕鬆生活劇更適合你。反之，若喜歡服裝與時尚者，很適合觀看《超級名模生死鬥》（America's Next Top Model），既能聽到許多重複用詞，又能樂在其中。換句話說，手邊不管是電腦、書或手機，很大的原則是「方便順手取用」，

畢竟每個人的生活習慣不盡相同，也可搭配「新手村」章節裡的各種學習法，提高道具的使用效能。

3.ICRT 的 EZ News：因為網路上有全文稿，而且主播有刻意放慢速度朗讀，再加上報導內容為國內外大事，大家可能本來就已略知一二，便可專注聆聽主播如何播報。而且，廣播類重點是讓聽眾理解，所以速度適中、用詞淺白，是極為優質的道具。

4.ESL 的材料（English as a Second Language）：適合最入門的勇者，內容或許較簡單，速度或許較慢，但通常都是很棒的內容。像是美國之音（Voice of America）有一系列名為 Special English 的教材，完全針對學習者需求設計。其實，一般程度的勇者也可以從 ESL 開始，並不會太簡單，仍舊可以學到不少。發揮自己偷學與觀察的精神，從小地方學到自己不會的東西。

5. 會話導向、階梯式的生活雜誌：可在書店的語言學習區挑選。內容收錄口語化與最新趨勢的話題，讓人不只學英文，也能增長知識。這類型的雜誌都會附贈可聆聽的範本，一定要多加利用，同時也可模仿，如此一來，既練習到聽力，也練習到口說。尤其，系列雜誌往往有清楚的分級，當發現自己閱讀時已經駕輕就熟時，便可在同一系統內更換下一級別的雜誌，除了難度提升

之外，不會有更換道具時用不順手的感覺。

6.TED Talk、名人演講：適合想學習專業口語表達者，由於這些正式的講話內容，難度、句型與用詞都與會話很不一樣。

例如英國知名女演員艾瑪‧華森（飾演《哈利波特》中的妙麗）在聯合國的演講，就是我常使用的教材（請掃瞄 QR Code 觀賞影片：https://youtu.be/gkjW9PZBRfk）。

用詞正式，難度適中，咬字清晰，態度堅定。偶有難字但可以從前後文猜測語意。

另外，如果想要學習關於政治經濟的正式英文口語表達方式，美國國務院都會上傳媒體問答的錄影和逐字稿，是非常棒的進階學習素材（請掃瞄 QR Code：https://www.state.gov/r/pa/prs/dpb/）。

7. 單字量分級的讀本：適合想循序漸進提升閱讀能力的勇者。

8. 暢銷書：想在一般領域提升閱讀者可使用，特別是非文學作品，因為小說雖說很有趣，但其實很困難。放眼望去，《紐約時報》暢銷書多是名人的口語化作品。越是大眾知名的人，如：好萊塢明星，寫出來的書就越口語化。簡單來說，口語化程度參考如下：明星、名人→記者→學者。大眾讀物的用詞都十分生活口語，既可符合大家的需求，又可吸收到相關的觀念。

9. 抄寫喜歡的句子：想要寫什麼就抄什麼，並練習換句話說。若不知道可寫什麼，就在社群媒體上 po 文、將自己的中文狀態翻譯成英文或與朋友寫交換日記吧。只要在社群媒體上放上自己喜歡的句子，搭配一張圖，就可以發文囉！

例如心情低落，想要鼓勵自己振作，可以 Google 圖片搜尋 cheer up（打起精神）或者 cheer up quotes（打起精神 名言）就會找到類似這樣的文章：

https://www.goodmorningquote.com/cheer-up-quotes-images/

GOOD MORNING Quote.com

LIVE　LOVE　INSPIRE　MOTIVATE　BE HAPPY　FAMILY　FRIENDS　:

34 Cute Cheer Up Quotes with Images

September 21, 2015　|　By Good Morning Quote

Everyone in a relationship who unfortunately had gone through a breakup can suffer from depression and sadness, most especially girls. The termination of the once treasured relationship can be really heartbreaking. Breakup can also be referred as 'dumping' in slang. When going through the acceptance stage after break up, it can be very hard for friends, women and men; fortunately there are tips on the best way to get over a breakup that anyone could read to help them move on. Apart from useful tips, another great solution to forget about old feelings is to read and share **cute and funny cheer up quotes** that would surely make someone happy. Here we have collected cheer up quotes for emotional girls and awesome friends. You can now start sharing positive vibe with your friend on their saddest down times and make them happier day by day.

Cheer Up Quotes for Her

1. Tis better to have loved and lost than never to have loved at all.

　　幾十句勵志話語搭配圖片，例如其中一句很棒：Pain is inevitable. Suffering is optional.（痛苦無可避免，是否持續受苦則是個選項）

　　再寫個一句話鼓勵自己，比如，Don't give up. You can do it! 或甚至更多內容或描述發生了什麼事，貼文後，其他看得懂或也在學習英文的朋友除了可能給予鼓勵，也許也會用英文回應，那就是持續使用英文的練習了。

第四章

破關
進階學習法

成功轉職後，就是「個人造業個人擔」「師父領進門，修行在個人」了，所以村長在此就先告辭。咦，不對，村長還有一些「口袋祕技」要提供給有一定英文程度，特別針對發音、講話流暢度與用字精準度等能力，希望能夠「突破難關」並「進階升級」的勇者們！準備好了嗎？那就讓我們開始吧！

4-1 超嚴格語言交換

　　碩士班一年級時，在范大龍教授的課堂上，由於班上學生少，他為每個人找了一位英文母語的搭檔，算是非常「奢侈」的學習環境。不過，因為這是一堂中翻英的課程，因此這些華語中心進階程度或國文所碩班、博班的同學來到課堂上，也可以學到中文。老師堅持找來中文特別好的外籍學生，尤其他指定要英文母語或近母語，所以可以說是一批有趣的「能人異士」。他們來到班上，也一起練習將中文演講翻成英文。課後也有不少討論與練習的時間，由於這樣的緣故，讓我認識了我的語言交換搭檔。

　　當時他正在師大就讀國文博士班，背景非常特別，他過去是NASA 工程師。他主動找我語言交換，我當然也欣然接受，當時我們訂下極為嚴格的規定。執行方式為一週一次在咖啡廳花一小時的時間相聚。

　　我希望他糾正我講話時每一個不自然或錯誤之處，不管是文法或用詞，為了能夠說得更像從小就在國外長大的人。這樣執行的結果就是：每一句話都被糾正。其中讓我最印象深刻的是「opinion」，居然是三個音節而非四個。發現了發音很多小細節之後，我會更仔細地去觀察英文母語人士發音與用字的細節。過去是被動聽力，只是為了判讀接收到的字是什麼意思，以便理解與溝通，但現在進階到了主動聽力，也就是只要遇到語料，我就會很積極地偷學。

　　這個練習能夠進步神速的關鍵在於，它是直接從平常講話的習慣去做修正。而且重點是，語言交換的夥伴務必嚴格執行這項原

則。

　他對我的要求相對簡單，當初會邀請我成為語言交換夥伴，是因為他喜歡我講中文的感覺、講話方式與咬字。因此，他給我他目前正在研讀的中文書，讓我每次錄下五到十分鐘的內容給他。我清楚地朗讀以後，將錄音檔傳給他，他便得以自己在家收聽學習。

⚡想鍛鍊聽力，就要「打開耳朵」

　這樣的語言訓練可以說是為彼此找到沒有負擔的方式，而當時計畫其實也只維持兩、三個月的時間，但收穫已經相當多，給我很大的啟發。讓我意識到我們以為已經打開的耳朵，原來還可以開得更開，去意識更多聲音的細節。有一位朋友認為，在語言能力尚未達到一定程度之前，不論再努力聽，都會聽不出一些聲音，這時候建議大家可以去掏耳朵。村長不是在開玩笑，畢竟有些人的聽力問題真的是可以靠掏耳來解決的。總之，真的有心要提升「聽聲音」能力的勇者，我強烈建議學習 IPA 音標，或者參照史嘉琳教授的台大公開課程，都可以幫助大家「打開耳朵」。

　（請掃瞄 QR Code 觀看影片：http://ocw.aca.ntu.edu.tw/ntu-ocw/ocw/cou/101S102）

4-2 如何練習逐字稿

　　逐字稿的練習方式，也是為了讓大家聽見連音與更細的聲音。要點是選材時必須確保材料本身有逐字稿可供使用，這是一種「對答案」的概念，並且在一開始嘗試時不要硬逼自己超出程度太多，不然就會像村長在大一時的聽力課一樣，十分痛苦。當時教授要求我們利用 BBC Learning English 每篇一分鐘左右的內容，為了這一分鐘，每一篇我們都得做半小時以上，這屬於程度有點難、但有逐字稿的例子。

　　另外，由於網站上有聽力檔與全文稿，所以 BBC 6 min English 與 ICRT EZ news 也是很適合的素材。算是英國腔與美國腔的選項，供大家選擇。

　　選好材料之後，必須找尋安靜的地方，最好是可戴耳機或在家等可大聲播放音樂之處，尤其建議以紙筆練習取代打字，但旁邊有電腦或手機以利查找單字與資料。此時，就完成準備工作，可以開始播放聲音檔了。

　　STEP 1：先將整段聲音檔聽過一遍，對整篇脈絡與大方向有個概念。

　　STEP 2：從頭開始播，每播一句就按下暫停，並在腦中重複複習與重播。趁還記得時，將這些字寫在紙上。

　　STEP 3：將不確定的字先畫底線空格，而且可將音檔往前拉回放，試著再將漏掉的字補進，但要記住給自己不超過七次的機會，超過七次若還是聽不懂就放棄。在過程中可以試著查詢單字拼法。

關於拼字的使用工具，過去我們只能在搜尋引擎上試著拼字，拼錯的話，搜尋引擎會詢問「你是否要查詢 XXX ？」，這是一個很棒的輔助工具。現在更方便的是，有許多語音輸入，只要我們將電腦或手機調整為英文輸入介面，就算不知道字詞本身，但只要模仿聽力檔裡的聲音，便可查到相關單字。當然前提是必須模仿得像，若不像也不要氣餒，最後都還能對答案，因此一定會學到新字。

練習逐字稿時聽不懂的原因有兩類：一、本來就不知道這個字，所以當然聽不懂；二、知道這個字，但是不熟悉它的聲音或在該語調的聲音。透過這個練習，便可以解決這兩個問題，因為對答案時一定會學到，也可以發現原來這些字擺在這裡可以唸成這樣。換言之，可以增加大腦裡聽力資料庫的廣度，讓大腦接收更多聲音的可能性。

4-3 外語要好，先加強母語

在談英語學習時，卻討論加強母語，應該許多人會覺得莫名其妙，可是，大家可以想一想，是否有人外語能力比母語好？這在實務經驗上是幾乎不可能遇到的事。換句話說，母語就是語言能力的上限值，也就是 SP 值。當你的母語能力 SP 值夠高，才能容納更多的技能使用。只是，加強中文要到什麼程度有不少面向，其中包括口語表達與文字之美，也就是很多人強調的語言造詣，雖然比較抽象，但其實還是可以羅列出來，如：詞彙量與用詞精準度等。

提供給大家一個實用的情境，一個中文與英文都不好的人，會出現兩種語言夾雜而無法以單語將自己的意思表達完整。有趣的是，這樣子的人在某些人眼中是比較「高級」的，因為講話夾雜英文，但換個角度來看，但這樣的人遇到單語者時，是無法好好溝通的。單語者必須耗費極大的心力，才能理解這樣的人所想表達的意思。

想鍛鍊自己減少口語表達中文時的贅詞，可收聽或收看優良的節目，特別是學習講話精練的主持人，如：黃子佼、張小燕、蔡康永與楊小黎等。黃子佼反應快又幽默，張小燕富含感性語言，蔡康永幽默且用詞精確，而楊小黎則是精準無贅字。收聽廣播節目也很不錯，由於廣播節目只能依靠聲音，因此語調與用詞都必須達到上乘的程度，才能稱為是好的節目主持人。

　　贅字練習：錄自己講一段約一分鐘的中文，內容可以是讀書、讀文章的感想或自我介紹，便可發現自己的口頭禪與贅詞，例如：的部分、的動作、那、就是、這樣、然後等。同時可檢視自己的用詞是否有可提升的空間。

　　至於書面，閱讀真的是語言進步的一大關鍵。閱讀文學可以增加語言的美感與廣度，但也別忘了閱讀論述類或科普的書籍，可以發現：換個領域就好像換個語言。閱讀時關注的重點是，作者的文筆流暢度是如何達成的，以及遇到精美用詞時可讚嘆並學習，同時也可抄寫或銘記在心。

　　關鍵在於，語言是表達想法的工具，所以會牽涉到邏輯與思考，這部分也將在下個小節提及。在剛剛提到的兩個練習裡，可以接觸到許多不同講者與作者的思考方式。而接觸不同的說話方式，可以讓自己在不同的情況下，更知道如何表達，對外語的表達與邏輯思考也會有幫助。若我們只是很熟悉外語的使用，卻沒有內容、沒有料的話，充其量也只是一個空洞的人，因此要期許自己成為一位「有料多語人」。

109

4-4 英文化生活提案

　　當功力達到一定程度之後，必須善加利用自己的想像力，想像自己的生活空間充滿了英文，而且不只想像，要盡可能地付諸實現。其中很大的重點是，觀賞電影與戲劇等影視作品。

　　以村長來說，就像第二章裡提到的，每回看完電影就會覺得自己英文特別好，會不自覺地用英文講話。所以，我們要將自己在影視作品裡看到的環境移植到生活裡。

便利貼學習法

　　比較入門的方式，就是使用「便利貼」，提供給各位勇者一項可自己動手做的方法，讓大家比較有實作感。每天給自己一個目標，如貼十張便利貼。首先，在桌邊找好便利貼，看好家裡十件東西。接著，把十件東西的英文名稱寫好，並貼在該物件上。這項技巧也很適合用在親子共學，而且一定要搭配發音字典輔助，以免只認得字形，卻不認得字音。

　　這項練習甚至可以發展為朋友間的話題，同一件物品在字典上可能會查到好幾個字，但究竟哪一個最適合，便是一項學問了。這就是詢問專家或與朋友討論的最好時刻，而老師就是可以詢問的對象。如此一來，不但可以得到更多知識，還能獲得額外的補充意見喔！

　　另外，還有一種有趣的便利貼技巧。在門上貼如「身（分證）手（機）鑰（匙）錢（包）」的英文提醒：Phone, Key, Wallet? 或 Got your keys? 或將影視作品裡看到的生活習慣套

用在自己身上。舉例來說，穿鞋上床！然後父母就連署抵制這本書，哈哈。

認真來說，現代人每天早上來一杯咖啡，也是一種西式的習慣，以這個概念來選取適合自己的「英文化生活」。像是身旁有人打噴嚏時，說聲「Bless You!」都是為自己打造英文環境的方式。

稍微進階一點，開始著重在提升單字量，便可以在大腦裡用英文自言自語。看到事物時隨時考考自己英文該如何表達，不知道時便利用字典與搜尋引擎查找，萬一還是找不到，再到英文學習社團發問，查找時會發現不少人與自己有相同的疑問。

⚡掌握邏輯性與結構

等到掌握提升單字量的關鍵之後，必須加強自己理解事物與建構句子的能力。掌握英文這個語言的邏輯性與結構，其實比中文容易。學英文時很大的重點是掌握好主詞與動詞，也就是把句子的主角定義明確。

由於所有的英文句子都至少有這兩個結構，因此只要將兩者之間的關係定義清楚，便可以明確地知道自己想表達的內容，後方接續的副詞、形容詞或受詞也就一目瞭然了。

英文構句的概念像拼拼圖，大家背單字時常是一個字、一個字分開來背，可是村長在此要鼓勵大家以詞組的方式來背，也就是Chunking 的技巧，例：背誦 on a high income（高收入）比僅

記憶 income（收入）更實用（參照 012 頁 1-1 大耳部落）。

在以中文表達時，即便隨意組合，對方也滿容易聽得懂，因為中文是「意合」的語言，英文則是「形合」。也就是說，中文大部分的句子結構為「話題」（topic）加「評論」（comment），但英文的結構比較直白，就是主角的行為或主角執行的動作。

舉例來說，「找到自己的熱情是很重要的」，可以說成「It's very important to find your passion.」與「Finding your passion is very important.」兩者都正確，文法上也一樣，很多人會認為意思相同，但它們卻有細微的差別，主要是口語上與書面上的使用時機。

另外，產出時也必須要有重點。要達到這個目標有兩種方式：一是把重點當主詞，「We're having a campaign next week.」若強調時間的話，可直接置於前面「Next week, we're having a campaign.」二是強調語氣，如「We're having a campaign NEXT WEEK!」不少人在講英文時語氣過於平淡，無法聽出重點。所以才會有些人雖說口語表達很流利，但講話時讓人感覺重點不明確。這也是為什麼初期勇者一定是以流利度為目標，講話可能會有贅詞來讓自己保持或聽起來流利，但英文能力達到一定程度後，必須要精練自己的用詞並掌握結構。

接下來就是前面提過的，聽英文廣播、英文歌、社群媒體追蹤英文頁面、手機介面調為英文版等，增加接受英文資訊與交流的機會，也可上 Meetup 找外國人樂於參與的活動。從對方講話時

112

的反饋可以得知對方是否真的理解自己，重點在於觀察對方並專注聽對方的回應。

如果對方不理解，可能會反覆確認，這時候便能反思自己的表達缺少了什麼，以至於對方聽錯或誤會自己的意思，並從對方主講的內容裡偷學好用的單字與句型。

一定會遇到喜歡教英文的熱心朋友，試問外國人很熱情地詢問你中文該如何表達，你想必也會熱心地幫忙解答。

因此，我們在學習外語時，對方也多會以相同的心態回報，就勇敢地發問吧！同時，從中觀察英文好的人的邏輯與講話方式。

⚡ 睡眠學習法

最後，提供給大家「睡眠學習法」供參考，畢竟不是對每個人都有效，若因此而失眠，村長也會良心不安的，請各位勇者斟酌使用。

在利用「睡眠學習法」時，重點是不要使用耳機，而以喇叭播放。選材以大略聽得懂的內容為主，例如：廣播節目、喜愛的電影或書的相關內容或演講、有聲書。也可以尋找自己喜歡的演員朗讀的有聲書，如：BBC CBeebies bedtime stories，有克里斯·伊凡、湯姆·哈迪、羅莎蒙·派克等知名演員，甚至有太空人從太空唸床邊故事給你聽，或是網路上有很多班奈狄克·康柏拜區錄製的免費有聲書。由你最愛的演員為你朗讀，怎麼可能會不想聽呢？

　　我很喜歡的作者，也是世界知名演講者西蒙‧斯涅克就是親自朗讀自己的著作。他咬字清楚，語氣明確，而且極具魅力。

　　從 網 址（https://www.audible.com/author/Simon-Sinek/B002CB2SDC）或掃瞄 QR Code 就可以聽到試聽檔囉！

　　如果有勇者嘗試了睡眠學習法後，做了英文夢的話，歡迎寫信告訴村長喔！

便利貼學習法

睡眠學習法

第五章

彩蛋

讀到這邊，勇者們對於自己想要與適合利用什麼方式練功，應該有了明確的方向了吧？但學習總要有個目標，目前當然都是提升實力，那提升實力以後呢？在攻略本的最後一個章節，將要告訴各位勇者，下一個篇章要在哪開啟？以及希望繼續朝語言進修的夥伴們，又該如何選擇呢？

5-1 獲得英文技能，然後呢？

　　不少英文系或外文系的人，畢業以後覺得前途茫茫，不知道要做什麼。殘酷的現實是，在過去，單一的英文專業足以讓人稱霸一方，但現在由於時代的變化，科技改變了大家溝通與交流的方式，所以就算一個人英文能力普通，也有很多輔助工具來幫助他與英文世界溝通。因此，只靠英文好是不太夠的。村長反而覺得，各位讀者的優勢是，英文好，中文也很好，畢竟中國市場非常廣大，但在地球村的現在，還是要同時與世界做朋友、做生意。

把英文與自己有興趣的產業結合

　　除了語言能力良好以外，語言真的是很好用的工具，所以最好要結合跨界的能力與自己的興趣。光是國外的線上課程就很方便，想學什麼技能，上 udemy 註冊就可以上課了。或者想成為哈佛、史丹佛等名校的旁聽生，只要上網就能達成，也不用等別人翻譯字幕。

　　獲得英文技能之後，就是要踏出步伐看世界，走出自己的框框，才會知道世界真的很大，機會其實相當多。例如交換學生計畫，可以觀察到國外學風與學制跟台灣的差異。也可以學習翻譯、華語教學或英語教學等另外的專門技術。也就是說，要把英文與自己有興趣的產業結合，不論是多媒體、觀光、公關行銷、製造業、傳播、商業、網路等，都是一種跨界的結合。因此，大學時期不能雙主修也要輔系，不能輔系最好也要旁聽其他學院的課，才能感受到跨界的威力。除了認識不同的朋友，讓自己的世

界更寬廣之外，也會發現不同學院的人對事情的思考也不太一樣，而這些朋友便是將來社會上可能遇到的人的縮影。

例如學商的學生如果學了文學，可以增加對人性的觀察與細膩。學了程式語言，可以了解理工背景的思考邏輯以及跟電腦和工程師溝通的方式。比起只學商，以上增加的兩個領域就好比兩個新宇宙，大大豐富學習者的視野與能力。如果不跨領域學習，待在自己的世界鑽研，可能會是非常專精某個領域的專家，但在這個輕鬆與世界連結接軌的年代，不太可能不跨界溝通合作。這時候，原本就橫跨多個宇宙的人，就擁有更高更快速的適應力。

另外，也可考慮海外的工作或求學機會，甚至到不同國家去生活個幾年。若全盤整合規畫在一起，把事業在不同國家間帶著走，也不是天方夜譚。或者結合新時代的工作思維，自由工作者不見得只能接台灣的案子，可以主動接洽海外的案子，或者登錄在接案網站上，用英文來承接案件，將自己切換成外國人看本地的思維。

村長曾經接到一位在韓國的美國人的訊息，希望能夠接台灣的英語教學案子，雖說當時因為學生喜歡實地課程，不想採用線上教學的方式而媒合失敗，但拜科技之賜，現在各種線上軟體與網站都很多。反過來說，台灣老師也可以教導全世界的人，用skype 接來自世界各地的學生。尤其台灣、泰國、韓國、香港與日本等地時差不大，所以都可以輕易安排。

過去有次經驗，村長幫唐鳳翻譯後獲得媒體報導，便有網友留

言：「唐鳳英文這麼好，怎麼會需要口譯？」其實英文能力好，還是要與專業能力結合，因為你英文再好，也無法用同一張嘴在同一秒講兩種語言。這種形式的口譯叫「同步口譯」，比如這場演講有半小時，講者全部以中文進行，同步口譯會在這半小時的時間內，同時把你的話講成英文。試想這樣的內容，若想由講者自己呈現中英雙語的話，要不就得壓縮內容為十五分鐘，要不就得拉長會議為一小時。時間就是金錢，這就是不同效益的選擇，所以英文很好之後，還是要與專業搭配結合才行。

另外一個很大的重點是，不是英文很好一切就會自然發生，還是要訓練自己的團隊合作能力與溝通能力，才能完成更多更大的事情，不然能力再好也只是幫自己，而無法做出更具規模的事。

⚡英文技能的「廣度」和「深度」

擁有英文技能，還能夠再分為兩個面向，一個是語言的應用能力，也就是把語言當成工具的應用力很高，所謂的「廣度」；另一個是語言的造詣，也就是文化涵養與文學作品的理解能力，所謂的「深度」。

大家普遍追求的是第一種能力，可以讓工作與生活順暢，很好理解也很實際。但第二種能力更深化，甚至包括美感與審美能力，關乎生活的品味與質感。相信大家在生活足以溫飽之後，都會希望追求更高的質感吧。這裡指的不一定是奢華的生活方式，而是內心對美感的追求。例如：被電影或文學作品感動，或特別

喜歡某一段歌詞，甚至是將一段話當成自己的座右銘。

有時甚至不用是一個句子，只要幾個字詞，就足以發人深省。有次在臉書看到美國朋友寫：Live life to the fullest. 我看了後先是感到驚訝：「喔！原來有這種說法！」接著陷入思考，純中文世界沒有的思考。中文直譯的意思是「把生命活到最滿」。因為中文原本沒有這樣的習慣說法，而引發我思考：「怎麼樣算是過著踏實富足的生活呢？」中文比較常講的「生命不留白」「不留遺憾」，為什麼恰巧都是否定說法呢？有沒有類似的正向表達呢？「逐夢踏實」「勇敢追夢」「堅持不放棄」等比較正面，但跟這幾個英文詞要表達的意思又有點不同。可以說是因為不同語言的邏輯和文化為本來大多受中文刺激的大腦，帶來了新的刺激和新思考。

鼓勵大家往這兩個面向都更完滿的路上走去，不斷追求進步，持續吸收新知。因為英文並不是元素週期表，甚至連大家深以為固定的元素週期表，都會有人發現新的元素，更何況是每天都在變化與使用的語言。

5-2 外文系 vs 應外系

　　許多人對外文系有所誤解，就連村長自己在讀外文系之前也是一樣。外文系的訓練以文學與語言學為主軸，再佐以語言應用能力。在此為大家正確地斷句，應該是「外國語」「文學系」，而非「外國語文」「學系」，所以外文系的英文翻譯通常為 Department of Foreign Languages and Literatures，剛好概括到前一節所提到的兩個面向，甚至以第二個面向為優先。

　　這裡所提到的誤解，其實是對於英文甚至外語能力的認知狹隘所造成的偏誤。大家常常以「你英文好好」這樣一句話來概括，但到底怎麼樣的程度才能配得上這句話，是多益滿分？還是聽得懂外國人的對話？抑或是對答時聽起來很流利？畢竟所謂「英文不好」的人，又如何能得知別人英文很好呢？

　　英文的應用情境實在分成太多面向了，大家在評估一個人英文能力時，最好要仔細一點。比如說，「你的聽力很好，聽得懂各種口音。」或者「聽得懂專業的內容。」或是「英文談判能力很強。」代表英文表達極為精準，且能夠掌握現場氣氛，而這就不只是語言能力了。又或者是「英文簡報能力很強」，這包括公眾演說、講話台風、肢體動作、視覺設計與自信等，是十分綜合的能力。

　　對於個人來講，更大的重點在於釐清自己的語言使用需求，並且就此加強學習，而非盲目追求「多益滿分」等或許不屬於自己的目標。

　　換個角度來說，外文系的人英文都很好嗎？理論上應該是不

錯的，但外文系的人更拿手的可能是能夠讀懂並與人討論莎士比亞，或者是看完電影之後做出文本分析。

相對來說，應外系的重心與外文系相反。應外系把語言「聽、說、讀、寫」的應用情境獨立出來，作為訓練主軸，再把文學與語言學作為附帶的延伸訓練。

整體來說，若要討論英文文筆的優美程度，外文系可能會略勝一籌，但若談到辯論、談判與口語表達等能力，也許就更是應外系的主場了。以延伸訓練來說，包括華語教育學程（當中文老師）與英語教育學程（當英文老師），也許有些學校會有與國際事務處與傳播學院合作的機會，像是擔任英文記者等，都是很好的延伸學習機會。

www.booklife.com.tw   reader@mail.eurasian.com.tw

Happy Languages 159

會走路的翻譯機，神級英文學習攻略本

作　　者／浩爾（簡德浩）

撰　　述／張芸禎

發 行 人／簡志忠

出 版 者／如何出版社有限公司

地　　址／台北市南京東路四段50號6樓之1

電　　話／（02）2579-6600 · 2579-8800 · 2570-3939

傳　　真／（02）2579-0338 · 2577-3220 · 2570-3636

總 編 輯／陳秋月

主　　編／柳怡如

專案企畫／沈蕙婷

責任編輯／柳怡如

校　　對／柳怡如 · 丁予涵 · 浩爾

美術編輯／潘大智

行銷企畫／詹怡慧 · 曾宜婷

印務統籌／劉鳳剛 · 高榮祥

監　　印／高榮祥

排　　版／杜易蓉

經 銷 商／叩應股份有限公司

郵撥帳號／ 18707239

法律顧問／圓神出版事業機構法律顧問　蕭雄淋律師

印　　刷／龍岡數位文化股份有限公司

2019年5月　初版

定價280元　　　　　ISBN 978-986-136-531-2

「英文能力」是一份自信，讓人從「無知但自滿的高峰」慢慢掉落到自信的低谷，最後再爬上新的雙語高峰。本來不知道自己因爲不會英文而錯失多少機會與世界，如同「快樂的無知者」與「痛苦的蘇格拉底」之間的選擇，但誰說我們不能當「快樂的蘇格拉底」呢？

——《會走路的翻譯機，神級英文學習攻略本》

◆ **很喜歡這本書，很想要分享**

圓神書活網線上提供團購優惠，
或洽讀者服務部 02-2579-6600。

◆ **美好生活的提案家，期待為您服務**

圓神書活網 www.Booklife.com.tw
非會員歡迎體驗優惠，會員獨享累計福利！

國家圖書館出版品預行編目資料

會走路的翻譯機，神級英文學習攻略本／浩爾（簡德浩）著.
-- 初版 -- 臺北市：如何，2019.5
128面；14.8×20.8公分 --（Happy languages；159）
ISBN 978-986-136-531-2（平裝）

1. 英語　2. 學習方法

805.1　　　　　　　　　　　　　　　　　108003721